「さみしさ」の研究

ビートたけし
Beat Takeshi

小学館新書

はじめに

とうとうオイラも71歳になっちまった。

「気にすんな、どうせジジイサン先はない」

「赤信号、バアサン盾に渡りましょう」

ツービート時代、そんな漫才でよくジジイやババアをネタにしてたもんだ。あの頃からもう40年以上経つ。そのオイラが、今やすっかり老人の仲間入りだよ。

普通のヤツならこの辺で「一丁上がり」ってことで、人生のしまい方を考え始める頃だろう。だけどオイラはそんな風には一度も考えたことがない。

自分で「第38期黄金時代」なんて言ってるぐらいで、この歳になってもなかなか忙しい毎日だよ。レギュラー番組も変わらずジャンジャンやってるし、2019年のNHK大河ドラマ『いだてん〜東京オリムピック噺《ばなし》〜』にも声をかけてもらったんで、その撮影もしょっちゅうやっている。オイラが一番大好きな落語家の古今亭志ん生さんの役なんで、そりゃ光栄な話でさ。

いくらテレビの仕事があったって、自分のやりたいことも我慢しちゃいない。夜中とか空いた時間には絵を描くし、小説のアイディアだってドンドン浮かんでくる。もう本になってる『アナログ』や『ゴンちゃん、またね。』以外にも、色々と書き上げてるよ。この本が出た直後には、『フランス座』って気合いの入った作品も出る。もちろん映画だって、これまでになかったようなスケールのデカいのを準備してるしね。

本業の「お笑い」の話だって、忘れちゃいない。こないだから、ラップなんてものにも手を出しちまってさ。

「早くやめちゃえ自民党、裏で糸引く公明党、何に変わった民主党、立憲・護憲・東郷健、おいまだいたのか共産党」

なんてね。悪ノリだけど、やり始めると面白いんだよね。韻を踏んでるのが楽しくて、次々ネタが湧いてくる。どこかのライブで披露しちゃおうか、なんて思ってるね。

こうやって景気のいい話を並べてると、ビートたけしはいつまでもエネルギッシュで、悩みなんてないって風に見えるだろう。もちろんそうありたいとは努力してるけど、オイラだって衰えるよ。いわゆる「寄る年波」ってのは間違いなくある。年相応の「さみしさ」ってのは感じてるぜ。

さっき話したみたいな非難囂々の毒ガスネタをツービートでやってた若い頃は、トークのスピードも相当速かった。けど、それでも追いつかないくらいの言葉とアイディアが頭の中に溢れていた。

40代になっても、夜に仕事がハネたらそのまたけし軍団のヤツラと朝まで飲んで、早朝野球をやってからオネエチャンのところに行って、ちょっと寝たらすぐ仕事という生活を毎日やってたわけだよ。あまりに眠らないで四六時中ギンギンしてたんで、「たけしはクスリをやってるに違いない」ってメーワクな噂まで出てさ。本気で警察が動いてるって話もあったんだぜ。まァ、若い頃は毎日それくらいアドレナリンが溢れてたんだよな。

その頃に比べりゃ、さすがに体力も瞬発力も落ちてきた。ゴルフブランドのコマーシャルをやってるくらいで、まだドライバーはそこそこ飛ぶんだけど、暑さ・寒さにはすっかり弱くなっちまったよね。今年の夏も、40℃近いような夏の日にゴルフに行ったらすぐへトヘトになっちゃって、ハーフでラウンドをやめちゃった。

女に関しても、若い頃あれだけヤリたくてしかたなかったのがウソみたいだ。チンポも勃たないし、オネエチャンにもセックスにもまるで興味がなくなっちまった。グラビアで裸を見たって、ピクリとも反応しないどころか、「なんだか汚ねェな」と思っちまう自分すらいる。こんな自分は、30年前だったら想像できなかっただろう。

こうやってイチイチ並べていくと、歳を取るってのは残酷だよな。昔の自分と比べて、ドンドン不自由さが増していくのがよくわかる。だから、多くの男たちは老いることに一抹の「さみしさ」を感じてしまう。

なぜ、自分の衰えがさみしくなるのか。なぜ、老いを否定的にとらえてしまうのか。それは、そもそも「老い」ってものに抗おうとしすぎているからじゃないか。

オイラは「いつまでも若々しくありたい」なんて願ったことはない。「老い」を隠そうと思ったこともない。昔より自由がきかなくなってきた体にちょっとイライラするのは事実だけど、老化という当たり前の自然現象と戦おうとしたって、勝ち目はないんだからさ。

人生は、年齢を重ねるほど生きづらく、理不尽になっていく。夢のように輝かしい老後なんてない。若い頃に比べりゃ、つまらないことばかりが増えていく――それが真理なんだよな。

だけど、「どう開き直るか」で老後ってのは変わってくる。積極的に老いを認めて、都合の悪いことはなんでも歳のせいにする。何か失敗しても、「ジジイなんだから仕方ない」と開き直る。怒られたら、ボケたフリをしてしまう。それでいいじゃねェか。

未練たらしいのはやめにしようぜ。要するに、自分の年齢にウソをついちゃいけないってことなんだ。アンチエイジングなんて言葉が流行ってるけど、そんなの自分の歳が恥ずかしいと言ってるようなもんでさ。

言ってしまえば、それはハゲている人がヅラをかぶって頭を隠そうとするのと同じマインドだ。髪が薄くなりゃ、全部剃って坊主にでもすりゃ潔いのに、何かを使って増やそうとしたり、隠そうとするからどこかで破綻する。未練たらしさが「さみしさ」をかえって増殖させているのに気がついていない。女が若さにしがみつくのはまだわかるけど、男が若さを振り返るのはとにかくカッコ悪いぜ。

よく言うんだけど、男はアンチエイジングより「エイジング」じゃないか。ウイスキーだって、エイジングを重ねて上物になるんでね。そう考えりゃ、何も怖いことはない。歳を取ったのを上手く利用して、世間の目なんて気にせず、自分がいいと思ったことをドンドンやれるようになるし、言えるようになるんじゃないか。オイラがいまだにいろんなところでバカをやったり、週刊誌でヒンシュク覚悟の毒舌や下ネタを披露してるのは、そういう「自分の芯」みたいなものをなくしたくない、枯れるまで大事に持っていたいって気持ちがあるんだよ。


最近、「老い」とか「老後の孤独」をテーマにした本が次々とベストセラーになっているらしい。その多くは「老後を素晴らしく、充実したものにするにはどうすればいいか」を語ったものだ。この本の担当編集者も、オイラにそんなことを語ってほしくて、この本の出版を持ちかけたんだろう。

だけどオイラの考えは違う。老後なんてのは「くだらなくて、みすぼらしい」のが当然だ。それを「素晴らしいもの」「いいもの」にしようなんて思うから、かえって辛くなってしまうんだよ。

ちょっとしたヒントで、男の人生ってのは、きっと変わってくる。他人の目を気にせず自分のやりたいことを貫くにはどうすればいいか。ちょっとオイラが考えてることを話してみたい。

男が老いと付き合っていくということ——それはちょっとカッコつけて言えば、必ずやってくる「さみしさ」とどう向き合うか、ということなんだと思う。

オイラも、自分が想像していた以上に長くチンタラ生きてきてしまった。47歳の時、バイク事故でまさに「九死に一生」を得た。その時から、明らかにオイラの人生観や死生観というのはそれまでと変わってしまったところがある。

今でもたまに「オイラはあの事故で昏睡状態になっちまって、それから後の人生は夢を見ているだけなんじゃないか」と思うことがある。パッと目が覚めたら、事故の直後の病院のベッドの上に戻ってしまうんじゃないかって冷や汗をかいちまうんだ。

そう考えると、オイラのその後の人生は、明石家さんまの口癖じゃないけど「生きてるだけで丸儲け」だ。「あきらめ」とか「覚悟」なんて言うと、それこそ坊さんの説教みたいで好きじゃないけど、そういう「老後があるだけ儲けもん」って感覚が、何かを変えていく気がするんだよな。

まァ、しょせん、お笑いの男がテキトーに言ってることなんで、話半分に聞いてもらえりゃそれでいい。それに、堅苦しい話ばかりになるのは気がひけるんで、もちろん相変わらずのヒンシュクものの毒舌や、くだらない下ネタもちょいちょい、というかガンガン挟み込んでいく。それにイチイチ「そんなふざけた話は聞いちゃいない！」と目くじら立てないように。いい大人が芸人の話に本気になっちゃあいけない。

前口上はそんなところか。それじゃあひとつ、お付き合いをヨロシク頼むぜ。

「さみしさ」の研究

目次

はじめに……3
第1章●老い、孤独、そして独立について。……15
第2章●友の死、さみしいね。……71

第3章●ニッポン社会も老いている。……101
おまけ　2018最旬人物「ヒンシュク大賞」……173
おわりに……187

第1章

老い、孤独、そして独立について。

「孤独は幸せ」なんてウソっぱちだ。そもそも「素晴らしい老後」なんてものは存在しない。

なぜ歳を取ると「さみしい」のか

芸人なんてロクなもんじゃない、常々そう思ってた。

もちろん、仕事があるうちはそれなりにチヤホヤされるし、カネだって入ってくる。だけど「有名税」のほうもかなりのものだ。ちょっとでも問題を起こせば世間から袋叩きにされる。息子や娘が問題を起こしただけで、仕事を追われてしまう芸能人も多いよな。

それに、プライバシーなんてない。オイラだって、時々その辺の町の中華料理屋に入って、ビールとギョーザを頼んで一杯やりたいなんて思うことがある。もともと足立区の貧乏な家の出だからね。そういうののほうが性に合っているくらいだ。だけど、そんなことをすりゃ最近じゃ居合わせた客や店員にスマホで写真を撮られて、ネットに上げられてしまいかねない。それに、もし厨房にオイラを嫌いなヤツがいたら――なんて考え始めたらなかなか一見の店には行けない。

だから普段のメシは、どうしてもそれなりに気心が知れた、昔馴染みのきちんとした料理屋で、ということになる。それくらい芸能人ってのは窮屈なんだよ。

ただし、この歳になって「芸人でよかった」ってこともある。それは、世間から求められている限りは〝生涯現役〟でいられるってことだ。ありがたいことに、70代になった今が人生で一番忙しいくらいだよ。だからまだまだテレビと芸の世界でのさばってやろうと思ってる。理想は、晩年にウンコ漏らしながらでも高座に上がった古今亭志ん生さんだ。芸人は、お座敷に呼んでもらえさえすりゃ、どんなにモウロクしたって、客前でそれをさらけ出していいって特権があるんだ。

だけど、その点サラリーマンはどうだろうか。オイラの歳なら、とっくに定年して、年金生活に突入だよな。それまでは会社組織とかに所属することで、社会とのつながりを持てたし、肩書きや役職もあった。それを失うってことは、やっぱり心にポッカリ穴が開いちまうよな。毎日、顔を合わせる人の数はどうしても減っちまうし、「社会から必要とされてないんじゃないか」と考えちまうのもしかたない。だからドンドンさみしさが募っていく。

この世代、それに輪をかけてさみしくなるのは、「死」と出会うことが頻繁になってくるからだ。両親、同世代、下手すりゃ年下までドンドン先に逝っちまう。オイラ自身を振り返ってみても、悲しい別れがたくさんあった。特に今年2月、オイラの映画にたくさん出てくれていた大杉漣さんが亡くなった時は本当にショックだった。さみしさがドンドン押し寄せてきて、『ニュースキャスター』(TBS系)の生放送中に、思わず涙ぐんでしまったぐらいだ。そりゃ、老人の孤独ってのが身近な問題になってくるのもよくわかるよ。

きっと、そんな老人を安心させてくれるのが「孤独は幸せ」と教える本なんだろう。このところ、老いと孤独をテーマにした本が続々とベストセラーになっていると聞く。まさにそのメインターゲットが、オイラたち団塊世代なんだよな。そういう本には、「孤独は己と向き合い、成熟させるチャンスだ」とか「家族や友人に囲まれた生活が幸せとは限らない」みたいに、老後のさみしさを肯定する言葉がズラリと並んでる。

だけど、それを盲信するのはどうだろうか。耳触りのいい言葉が載っているからって飛びつくのは、「信じる者は救われる」って言われて宗教にハマるのと変わらないんじゃないか。そもそも「孤独が素晴らしい」なんて堂々と言えるのは、有名人だったり、社会的地位が高い人間ばかりだ。有名な孤独本を書いてるのだって、名の知れた作家がほとんどだよな。書き手が世間から認められている人だから、読者が「孤独は素晴らしい」って勝手に思い込んでるだけなんでさ。

オイラには「独りでもいいことあるよ」って囁きを聞いて、心細い人たちが踊っているようにしか見えない。

この本は、そういう「孤独礼賛本」と同じと思われたくない。「老い」と「孤独」ってのは残酷だってところから始めなきゃウソなんだ。

"今日、ポックリ"でもいい生き方

本を読んで「孤独を受け入れろ」と諭されたぐらいで、人間は他者とのつながりを捨て去ることなんてできやしない。

そもそも、そういう「孤独礼賛本」を手に取る時点で、「自分はもしかして孤独なんじゃないか」と気にしているということだ。世間からどう思われているのか、他人からの視線を意識している。「価値のない老人」「哀れな老人」と思われたくない見栄があるから、孤独を肯定してくれる本が心地いい。「しかたなくではなく、進んで孤独を選んでいる」と、他人に向けてアピールしたいという気持ちが実は裏側にあるんじゃないかって思うんだよな。

つまり何が言いたいかというと、人間はどんなに頑張ったって「他人から認められたい」という承認欲求を完全には捨て去れないということだ。

オイラみたいに、ずっと「客前」で仕事をしてきた人間にはよくわかる。この歳になったって、「客からウケる」っていうのはこれ以上ない快感だからね。カネや名誉なんて後からついてきたもので、まずは「ウケたい」「評価されたい」って感情があったわけだ。

だからこそ、オイラは今でもときどき「ほぼ単独ライブ」なんてものを開いて生の観客の前でバカをやっているし、立川梅春《ばいしゅん》なんて名前を立川談春さんからもらって高座にも上がっている。ウケるってのは麻薬みたいなもんだ。

　もちろんそういう笑いのネタを考えたり、絵を描いたり、小説を書いたりなんていう創作の時間ってのは、とても孤独な時間だ。誰かに助けてもらえるもんじゃないからね。だけど、その先に「他人にウケたい」って目的があるから、孤独な作業にも耐えられるし、楽しくなるってのが事実なんだよな。

　そういう話を取っ払って、ただ闇雲に「孤独」をありがたがるから、話がおかしなことになる。完全に独りでいてもさみしくないなんて、どんな悟りを開いたって無理だよ。

たぶん、老後の生き方指南本が売れるのは、年寄りに限らず「素晴らしい余生」ってものが存在すると信じてるヤツが多すぎるからだよな。だから、少しでも長生きするための健康本みたいなものも売れているわけでね。

　でも真実は逆だよ。人生は、年齢を重ねるほどつまらなく不自由になっていく。夢のように輝かしい老後なんてない――。それこそが真理だ。老いるっていうことは、想像してる以上に残酷だ。まず、それを受け入れることから始めないとさ。

　なんでも大抵のことは老いとともにガタがくるもんだ。それなのに、「カッコいい歳の取り方」みたいなものにこだわると、胡散臭いことになる。結局、カッコいいか悪いかなんてのは他人の判断なんで、そんなもの気にしちゃいつまで経っても報われないんだよな。

若者に媚びるな

何年か前に、引退したヤクザのジジイたちが主役の『龍三と七人の子分たち』って映画を撮ったんだけどさ。

そのジジイたちはカネもなくて、家にも居場所がない。まァ、一言で言えば「社会的弱者」ってヤツだよ。そんな普段は悶々と暮らしてる老いぼれが、オレオレ詐欺やら悪徳訪問販売やら、好き放題やってる半グレの若いヤツラを相手に大暴れするという話でさ。もちろんオイラらしいブラックユーモアやくだらない笑いもたくさんちりばめたんだけど、そこそこは痛快に感じてもらえたんだろうな。オイラの映画の中じゃ、トップクラスのヒットになったんだよね。

主役の龍三は藤竜也さんに演じてもらった。もちろん誰もが認めるダンディな二枚目だけど、そういう人すらジジイになりゃカッコ悪いっていうのがミソでね。人前で屁もこけば、姿勢も悪い、ミジメなもんだ。

だけど、そういう「何も持っていないジジイ」っていうのは、逆転の発想をすれば守るものがない「怖いものなし」の存在ってことでさ。会社をクビになる心配もなきゃ、女にモテなくたって当たり前。どんなに失敗したって、未来なんて残されちゃいない。これ以上、気楽で無茶できる立場はないだろってね。

世の中の老人たちも、周りの目なんか気にせず好き勝手に暴れ回りゃいいんだよ。だけど、この頃の中高年ってのは、オイラやら島田洋七みたいなのと違ってみんなマジメだから、総じて「世間や家族に尊敬される人間じゃなきゃいけない」って考えて、それでがんじがらめになっちまってる気がするんだよな。

その考え方には大きな落とし穴がある。それは、「尊敬できる老人」かどうかを判断するのは、大抵が自分たちより若い世代のヤツラだってことだよ。だから、社会的に敬われる存在、模範的な存在であろうとすると、結局は「若い世代に気に入られるかどうか」って話になっちまうんだよな。

そうなると、自分では気がつかなくても若い世代へ「媚びる」気持ちが生まれてくる。

自分の素直な欲求や意見があっても、「大人気ないと思われやしないか」って知らず知らずのうちに抑え込んでしまうことになるんだよ。

人間、普通に生きてりゃ本来は歳を取るほどワガママになるもんだ。「人に好かれよう」「尊敬されたい」なんて思って窮屈にならずに、ヒンシュク上等で余生を楽しみゃいいんだってての。

これは例として適当なのかわからないけれど、55歳も年下の嫁をもらって、これまで4000人の女に30億円注ぎ込んできたって豪語していた77歳のジイサンが、自宅で変死しちゃったって事件があっただろ。いわゆる「紀州のドン・ファン」って呼ばれてたあの老人だよ。体内から大量の覚せい剤が見つかって、他殺の疑いまであるってことらしいんだけどさ。

不謹慎な言い方かもしれないけど、たとえ「そんな生活してたからだよ」って周りから後ろ指を指されても、本人の意思で最期まで若い嫁と暮らし続けたんだから、ドン・ファンは人生に悔いなしだと思うぜ。他人からどう思われるかじゃなく、自分が満足いくかどうか。そっちのほうが大事なんだよな。

悪人として死にたい

ちょっと付け加えれば、若いヤツから気に入られようってカドの取れた生き方をしても、大して報われりゃしないよ。若いヤツラは自分たちのことに精一杯で、ジジイ・ババアのことなんてロクに覚えちゃいない。死んだ後、「いい人だったね」なんて盆や正月に家族に思い出してもらえりゃ御の字だ。

町内会の飲み会で、酒の肴に死んじまった近所のジジイやババアの話をする時、「いい人」の話なんて出てきやしない。そういう時にみんなが懐かしむのは、ワガママで迷惑ばっかりかけてたヤツのほうなんだよな。

人の目ばっかり気にした人生を送ったあげくに忘れられちまうのが一番さみしい。それなら、〝悪人〟としてでも誰かの記憶に残ってるほうがずっといいじゃないかってね。

だから家の中でも、職場でも、近所でも「いいジジイになろう」なんて考える必要はない。理想は葬式で「やっと死んでくれた」って拍手喝采が起こることだな。そう開き直りゃ、残りの人生がゼンゼン違った色に見えてくるかもしれないぜ。

「オレはいつまでも若い」なんて威張ってるヤツは、単に「自己客観視する能力」がないだけだ。

「老い」との戦いに勝ち目はない

こんな風にジジイ論を演説していると、中高年の読者から「そもそもオレはそこまで老いぼれちゃいない」という反論が聞こえてきそうだよな。確かに、最近は「人生100年時代」なんて言われている。年金をもらえるのは65歳どころか70歳、そのうち75歳になりそうな勢いだ。それに、医学のせいか食い物のせいか、昔に比べりゃ年寄りも若々しくなっている。国民的アニメの『サザエさん』の波平やフネは、50代という設定なんだっけ？現代で考えりゃ、あの風貌は70代どころか80代でもおかしくない。そのくらい、「年寄り」という概念は変わってきている。

それに、置かれている環境によって「男の扱い」は大きく違ってくる。野球選手なら、1980年生まれの松坂世代だって大ベテランだし、相撲取りなら40代だって「年寄」になる。政治家に至っては、60代だってまだまだ若造だ。

人生というのは、四季のようにハッキリ季節が分かれてるもんじゃないからね。いくつになったら老人だとはなかなか定義できない。だけど、老いというのは確実に忍び寄ってくる。だからこそ「自分を見極める力」が必要なんだよ。

だけど、これは言うほど簡単なことじゃない。誰もが「かつての自分」に執着してしまうからね。心の底じゃ自分の体の限界を感じているのに、何とかそれに抗おうとしたり、若い頃のように振る舞おうとしてしまう。妙な若作りをしたり、無理に体を鍛えたり、時にはヅラを被ってみたり。

だけど、「老い」と戦っても勝ち目はない。それを判断できる力が、「自分を見極める力」だ。「自己客観視する能力」とか「状況判断能力」とも言い換えられるかもしれない。

実は、オイラはこの能力に関しては絶対の自信を持ってるんだよな。

それは、若い頃から身についていた。自分の喋りの瞬発力が落ちたと感じたらすぐに、「次の生きる道」を考えようと思った。何とか努力して漫才を続けよう、なんて発想にはならなかった。スポーツと同じで、漫才も反射神経がものをいう。もちろん歳を取って続けることもできただろうけど、スッパリやめたんだ。自分に過度に期待することなく、そこは冷静な判断ができる。だから徹底的に「次の自分」を考え抜いた。

『天才・たけしの元気が出るテレビ!!』(日本テレビ系)や『風雲!たけし城』(TBS系)、『ビートたけしのスポーツ大将』(テレビ朝日系)みたいな、今の時代のバラエティ番組の基礎になるようなテレビの仕組み作りを必死に考えたし、「役者」という道にも本気で取り組んだ。

オイラは80年代、大久保清みたいな凶悪犯罪者を立て続けに演じている。それは、それまでの「お笑いのたけし」と「役者のたけし」を切り離すことが目的だった。

きっかけは、大島渚監督の『戦場のメリークリスマス』に出たことだった。映画が公開された後、コッソリ内緒で映画館に出かけていって客の反応を見ていたら、序盤でオイラが登場しただけでドッと笑いが起きたんだよ。お笑いの印象が強すぎて、マトモに役者として見られてなかったんだよな。だから、殺人鬼や強姦魔の役をやることで、そのイメージを消そうとしたんだ。それが後で映画の道につながっていった気がするね。

映画を撮る時だって、ものすごく冷めている自分がいる。もちろん「オイラの映画が世界で最高だ」と思って撮っているけど、その一方で、自分の頭上くらいにもうひとりの自分がいて、俯瞰して眺めているような感覚があるんだよ。だから、心の底から楽しむことはなかなかない。一瞬だけ無我夢中になっても、次の瞬間には白けている自分がいる。

もし何かひとつに執着していたら、今の自分はなかったと思う。そういうタチだから、今でも仕事を続けていられるんじゃないかって気がするね。

「リタイア後に趣味を」という大マヌケ

自分を引いた目で見てきたから、それなりにベストな選択をし続けられたのだと思う。おかげで、漫才で売れて以降は、いつも「今の自分」が一番好きだ。よく「昔はよかった」なんて言うジジイやババアがいるけど、そんなこと一度も考えたことがない。いつも現在が人生の絶頂期だ。こう考えりゃ、老いるのなんてまったく苦にならない。

よく「定年になったら、新しい趣味を始めて第二の人生を始めたい」なんて言ってるヤツがいる。だけどそういうヤツに限って、いつの間にかその趣味に飽きちまったり、「老後が毎日つまんない」なんて言い始める。オイラに言わせりゃ、それこそ「自己客観視」ができてない証拠だ。音楽にしろ、芸術にしろ、60歳になるまでやろうともしなかったものにいきなり手を出して、最初から上手くいくわけがない。物覚えが早い10代、20代のときに始めるのと比べても、相当ハードルは高いはずだ。それをわかって手を出すんならいいけど、そこまでの覚悟がないのにやろうとするから、大体結果は無惨なことになる。だから自分に過度な期待をしちゃいけない。

別にオイラは、趣味で老後を過ごすことを否定しているわけじゃない。だけどそのためには、若い頃から何かに夢中になって、リタイアする頃には「名人」と呼ばれるくらいになってなきゃダメだと思う。

ゴルフやら、釣りやら、囲碁や将棋が三度の飯より好きだというジジイはいっぱいいるけど、そういう人間は大概、仕事が忙しい若い頃から何とか時間を捻出して、そういう趣味の場に通っているわけでね。時間やカネ、努力も費やして長年やってきたものが、ようやく本当の趣味になるんだよな。

よく、どこかの学校の校長や教頭なんかが、未成年の少女と淫行していたとか、裸の写真を何千枚も集めていたとかでニュースになることがある。こういうヤツは、きっと青春時代に悶々と我慢して、ロクな女遊びをしていなかったんだと思う。若い頃にオネエチャンと無茶しまくってたオイラみたいなのが、ジジイになって枯れて余裕が出てくるのとは対照的で、女に免疫がないまま社会的地位とカネを持って「デビュー」しちゃうとロクなことがない。さっき話した「紀州のドン・ファン」みたいに年季が入ってれば話は別だけど、余裕のないジジイの色欲ってのは、見苦しいだけなんだよな。

歳を取ってくると、そういう分別こそが大事になってくる。できること、できないことの見分け方こそ大事なんだ。

理想の熟年カップルは阿川さん夫妻

オイラの場合、年取ってから付き合うオネエチャンは、男の友達と変わらなくなってくる。「話してて楽しい」ってのが最高だね。男も女も、年取ってからモテたいと思うなら、痩せようとかアンチエイジングなんてものに必死になるより、本を読んだり映画を観たり、芸術に触れるなり、「話せる人」になるほうがよっぽど有意義だ。

年取ってからは、「体の相性」なんて大した意味をなさない。「一緒に酒飲んで楽しい」が一番だよ。その点、最高の熟年カップルは、こないだ6つ年上の元大学教授と結婚した阿川佐和子さんだな。オイラ、阿川さんが結婚を発表する前に、阿川さんと旦那さんとメシを食ったんだよ。気さくないい人で「お似合いだな」って思ったね。2人とも博学なんで、会話がドンドン盛り上がってさ。

これから老人中心の時代になるのは間違いない。だから独身高齢者が増えるのも必然だ。そしたら「熟年離婚」だけじゃなくて、「熟年初婚」「熟年再婚」も盛り上がってくるよ。そういう時代が進めば進むほど「内面を鍛える」ってのが大事になってくるんじゃないか。

自分がいかに知識がないか、知らないことがたくさんあるかを知ること。それしか自分を客観視できる力を鍛える方法はないんだからさ。

「ボランティア」こそ落とし穴。善意も、親切も、現代では「制度化」されている。

尾畠さんにはなれない

こないだ、老人の「希望の星」として一気にメディアの主役となっていたのが、78歳のスーパーボランティア・尾畠春夫さんだよな。山口県の周防大島で2歳の男の子が行方不明になって、警察や消防が3日間探しても見つからなかったのを、たった30分で発見しちゃったってすごいジイサンなんだけどさ。

この人はボランティアのエキスパートで、熊本地震や西日本豪雨みたいな災害が起きるたびにボランティアに行ってて、その世界じゃ名の知られた人なんだってさ。周防大島で大活躍できたのも、過去に大分で行方不明の2歳児を探したことがあったからでさ。その経験から「子供は高いところに登る習性がある」って感じていて、いなくなった現場から500メートル《メートル》以上離れた山の中で見つけ出したんだよな。

尾畠さんは素晴らしいんだけど、滑稽なことにその活躍を見て、最近じゃ災害や事件の現場に「何か手伝えることはないか」って駆けつける変なジジイやババアが殺到しているらしい。で、現場で逆に他人に迷惑をかけることになって「何しに来たんだ」って話も増えているんだって。「モンスターボランティア」なんて呼ばれてるタチの悪いのもいるって聞くぜ。

さっきオイラは「自己客観視できない老人ほど見苦しいものはない」と話した。まさにこの高齢ボランティアの急増ってのは、いかに自分を引いた目で見ることができない人間が多いかを物語っている。

尾畠さんは、報道で知る限り徹底した「鍛錬の人」だ。あの歳になっても、毎朝8キロ《キロ》走をやって体力を維持してるなんてニュースもあった。人のためになることをする人間、何事かを為す人間ってのは、当然のようにそれなりの努力や準備をしている。特に老人になってもそうあり続けようとするなら、なおさら大変だ。それに、自分の適性というのを見極めて「自分がその現場に行ったら何ができるか」を見越した上で動いてるんだろう。

ふと思いつきでボランティアに手を出して、「自分も何かやって褒められたい」「人助けをしていい気持ちになりたい」と考えてるようなヤツとは覚悟も気構えも違う。なかでも一番違うのが、自分が役に立つのか立たないのか、冷静に判断できる力なんだよな。

もちろんボランティアをしようという志は素晴らしいけど、その点は冷めた目を持ってなきゃいけない。

「いつまでも活動的に」のウソ

そもそも高齢者ボランティアのブームは、「世間の空気」に踊らされてる面もあるんじゃないか。

ニッポン人ってのは、こういう老人による快挙があると、すぐ「感動をありがとう」とか「歳を取るのも捨てたもんじゃない」とか一斉に言い始める。ちょっと前だけど、冒険家の三浦雄一郎さんが「人類初の80歳エベレスト登頂」を成功させた時もそうだったよな。

こういうニュースが出るとすぐ、テレビやら雑誌で「年寄りも夢や目標を持て」「いつまでもアクティブであれ」みたいな論調が出てくる。ある意味、これほど生きにくい世の中はないぜ。

世間が押しつける「充実した老後」なんてものに縛られる必要はない。何かやりたいことがあるヤツは残った時間をそこにガンガン費やせばいいし、特にやりたいことがなけりゃ、ただボーッと暮らしたっていい。そんな当たり前のことすら、ハッキリと言えないバカな世の中になってきている。

「老人に夢を」という陰謀

どうしてこんなに「老人も夢を持たなきゃいけない」という世間からの圧力が強くなってしまったのか。

オイラは性格が悪いから、「誰か得をするヤツがいるから」とすぐに考えてしまう。今、ニッポンのタンス預金は総額43兆円とも言われている。おそらくそのほとんどが60代以上の年金生活者によるものだろう。つまり、老人たちが家の中でボーッとテレビを見ていたり、コタツでゴロゴロしていたんじゃ経済はドンドン回らなくなっていくというわけだ。カネを吐き出させたい人たちからしてみりゃ、「老人は活動的であれ」って風潮が世間に浸透したほうがありがたい。

政府にだって、「アクティブ老人」は好都合だ。老人が余りに余って、年金もパンクしそうだからドンドン年金の支給を遅らせそうな勢いだからね。

定年してから年金支給までの「空白期間」を埋めるには、その世代にジャンジャン働いてもらうしかない。家でボーッとしてたら下流老人になっちまうぞってプレッシャーは、今後いろんな形で出てくるだろう。

だからあんまり、世間の口車に乗らないほうがいい。きっと自分たちの首を絞めることになっちまうぜ。

世間からの「親切」を疑え

これも年寄りに経済に参加してもらいたいという狙いがあるのかもしれないけど、世の中には「老人優遇」の制度がジャンジャンできている。

映画館や飛行機運賃のシルバー割引は有名だけど、最近じゃ普通の飲食店に行っても「65歳以上は10％オフ」なんて宣伝文句で溢れてる。世の中のジジイ・ババアはこういうものをありがたがっているんだろうか。もちろん、多少の小銭を浮かせることにはなるのかもしれない。だけどオイラはこういうものを目にするたび、気持ちが悪くてしかたがなくなる。自分が年寄りだと開き直るのはいいけれど、「なんでお前らに勝手に年寄り扱いされなきゃならないんだ」という違和感があるんだよな。

こういう制度に乗っかることで、「年寄りは年寄りらしく振る舞え」という社会の圧力に無理矢理取り込まれてしまっている気がしてしまうんだ。

特に腹が立つのが電車やバスで見かける「優先席」や「シルバーシート」だ。あんなもの、「お年寄りを大切に」という世間のウソくさい建前を制度化しただけのものだ。

オイラがガキの頃は、普段は「ジジイ」「ババア」と罵っていても、若者は黙って席を譲るのが当たり前だった。言葉は悪くても、「行儀」と「品」はある。そんな時代だった。だけど、今じゃそういう感覚はない。年寄りが目の前に立っていても、「ここはシルバーシートじゃないんだから」と譲る気すらないヤツが相当いる。その席が優先席とかそうじゃないとかは関係なく、年寄りが前に立ったら若いのは席を譲るのが作法というものだ。悲しいことに現実は、「シルバーシート」「優先席」というルールで、老人が社会の片隅に追いやられているだけだ。

そもそも、今の社会では「なぜ老人を大切にしなければいけないのか」という大事なことがまるで語られちゃいない。

「老人いじめ」のネタをやっていたオイラが老人になっちまったように、年寄りは昔からずっと年寄りだったわけじゃない。何十年も働いて、コツコツ税金を納めてきたから今のニッポンがある。安心して電車に乗ったり、町を歩けるのだって、スマホという文明の利器を手軽に持てることだって、元を正せば年寄りたちがきちんと働いてきたからだ。そういう「当たり前のこと」が忘れ去られている。それどころか「年寄りが多すぎるから財政がパンクする」「改革だって進まない」と、社会の害悪にされている。感謝の気持ちなんて、これっぽっちもありゃしないよ。

だからといって、老人が「オレたちに感謝しろ！」なんて言い始めたら、若いヤツラに鼻で笑われちまう。そんなのダサいだけだし、下手すりゃ「老害」だとかレッテルを貼られかねない。そんなこと言ったって、世の中は何も変わりゃしない。

大事なのは、若いヤツラの親切を期待しないことだ。それより「親切なんて受けてやるもんか」とぐらい思っていたほうがいい。電車やバスで席を譲られたって「オレを年寄り扱いするな!」「お前なんかよりよっぽど足腰は強い」って断った上に説教しちまうぐらいでいい。たとえヒンシュクを買ったとしても、そんなジジイのほうがよっぽど味があるんじゃないか。『龍三と七人の子分たち』に出てくるような「不良老人」でいいと開き直ってみりゃあいい。

まァ、そういう「不良老人」を目指すってのは、一種のやせ我慢でね。そうでもしない限り、世の中の流れに迎合せずに飄々と生きるのは難しい。だけど、若い世代に媚びるより、自分の好きなように生きるほうが絶対いい。たとえどんなにバカにされたって、そっちのほうが楽しい。オイラはそう考えている。

なぜオイラが「批判覚悟の独立」をし、テレビで多くを語らなかったか。

「勲章」を笑いに変える

もちろんオイラ自身も模範的なジジイになろうなんざ、これっぽっちも考えちゃいない。これからもテレビやライブでバカをやって、ヒンシュクを買ってやろうと思っている。

しかし調子が狂ってしまうのは、ヒンシュクを重ねてきたはずなのに、この歳になってなぜか褒められることが増えてきたことだ。フランス政府からは「レジオン・ドヌール」なんてたいそうな勲章ももらったし、最近は旭日小綬章も頂いた。

オイラはそもそも「勲章」や「表彰」なんてものに特に興味はない。だから昔はもらうのを断ることも多かった。だけど、最近は頂けるというのならありがたく頂くようにしている。それを見て「ジジイになって名誉欲が出てきたのか」「たけしも終活を始めたか」なんて悪し様に言うヤツもいる。でも、オイラはそんな風に権威におもねるつもりは毛頭ない。そういう名誉を頂くことが、本業の「笑い」に生きてくるんじゃないかと思ってるんだよな。

「文化勲章をもらって立ち小便で捕まりたい」

「人間国宝になった日に食い逃げでニュースになったら面白い」

オイラは会見のたびに、そう言ってきた。自分の地位や権威が上がってきたら、それを自分で一気に落とすようなことをする。そのギャップが最高の笑いのネタになるんじゃないかって思うんだよな。

独立問題の「本音」

こないだ、オイラが元の事務所の「オフィス北野」を辞めて独立したことが大きな騒動になった。いろんな間違った報道が出たんだけど、特に気に食わなかったのが「たけしが終活を始めた」という勝手な見方だ。

オイラは、バイク事故で生死の境をさまよってから、死ぬことについてはある程度受け入れているところがある。だから、極端な話ではなく「明日死んでも後悔しない」と思っている。自分が死んだ後のことにも興味はない。だから生きている間にセコセコと終活なんてやる気も特にないと感じている。

こんな見方が出たのは、独立問題の真相をごまかしたい人間がいたからだ。

オイラはこの件についちゃ、テレビやらで大っぴらには語っちゃいない。だけど、「毒ガス世相斬り」を売りにしている『週刊ポスト』の連載では、さすがにキレイゴトで済ますわけにはいかなかった。だからある程度のことは、騒動の最中に『ポスト』で語らせてもらっている。

〈正直なところ、スタッフや軍団以外のタレントも増えて、そっちがブクブク膨らんでいって、一方で肝心の軍団のメンバーが食えなくてヒーヒー言ってる状況があった。結局、オイラがジャンジャン稼いできても、そういう本来大事にしたいところが上手くいってない感じが続いてたんだよ。

本来ならマネージャーやスタッフはそういうタレントたちに仕事を持ってきて、それぞれが自立していかなきゃいけない。それがスジだろう。なのに結局オイラに依存したままで、売れっ子をほとんど作れなかった。そういう地道な仕事をしないで遊んでるヤツラを食わせるために70過ぎてオイラがガンガン働いてる状態ってのは、とても健全な組織とは言えねェよ〉(『週刊ポスト』２０１８年3月26日発売号)

これは今も変わらない、オイラの偽らざる本心だ。だけどこのときは、あえて誰かを名指ししたり、具体的な内容を話すのは避けた。

オイラはそもそも、カネの話をガタガタ喋るのはみっともないと思ってるからね。身内の揉め事を世間に晒すのも品がねェしさ。だからテレビや会見じゃ独立話をギャグにするぐらいで、真っ正面からは語らなかったんだよ。

だけど、オイラの独立が報じられて以降のマスコミの取り上げ方にはウンザリした。

「たけしの終活」「仕事の多さに疲れた」と、オイラがジジイになったと言わんばかりのトーンで円満退社を強調するものもあったし、プロデューサーがいなくなったらオイラが映画を撮りにくくなるとも書かれた。

それどころか、オイラが新事務所の「T．Nゴン」を共同経営していくオネエチャンに、カネを残したいがための退社だなんて報道もあった。そのオネエチャンについては、前から「100億円の愛人」なんて報道されてつくづく迷惑してる。昔と違ってすっかりポコチンも勃たなくなったオイラにとっちゃ、その人を「愛人」なんて言われること自体が不本意だ。

とにかく、どれも騒動の本質とはかけ離れた報道ばかりだった。

この騒動のときは、軍団の連中も相当頭に来ていたみたいだ。オイラもアイツラには可哀想な思いをさせちまったと思ってる。

特に申し訳なかったのは、井手らっきょだよ。東京じゃ食えないから、地元に帰って活動するという。そこまでの状況になってたのかって、本当にショックだったね。

だから、アイツが熊本にこれから帰るって時に電話したんだ。「お前が熊本に帰らなきゃいけなくなったのはオイラのせいだ。悪かった、必ず助けに行く」ってね。

それで、9月には軍団の連中を引き連れてライブをやったんだ。おかげさまで満員御礼で、なかなか盛り上がったよ。

オイラの意見は女で左右されない

そもそもオフィス北野は、オイラと軍団のヤツラがワイワイ楽しくやっていくための事務所だ。オイラがジャンジャン稼いでいるのに、一部のスタッフだけが懐を潤わせてて、軍団がカツカツだっていう状況はやっぱりおかしいよ。

きっかけになったのは、「事務所が赤字だ」って報告だった。オイラがこれだけ休みなく働いてなんで赤字になるんだって思ったね。そりゃ納得いかないよ。やっぱり組織の在り方に問題があるのは間違いない。

オイラが軍団の連中に「オフィス北野に残れ」と言ったことも、誤解されて伝わっている。さも軍団を置いていったかのように言われてるけど、大きな間違いだよ。みんなを連れてくことは、そんなに難しいことじゃない。

だけどそしたら、これまで甘い汁を吸ってた幹部連中は「ハイ、サヨナラ」で終わりになっちまう。だから軍団には事務方をちゃんとチェックしてほしいって思いがあったんだよな。もし軍団のヤツラがオイラの新事務所に来るとしたら、それが済んでからの話だよ。

こういう事情があって事務所を飛び出したってのに、「女に洗脳されたから」とかテキトー書く週刊誌があるんだからたまんねェよ。実際、これだけ世間から騒がれて色々なリスクがあるのに、女のためにわざわざ独立するわけがないだろう。ただオイラ自身が気に入らないから出ていくだけで、それ以外には何もありゃしないんだよな。

そもそもオイラが何かを決める時に、女に限らず誰かの言いなりになるなんてことはあり得ない。仕事や生活のことで他人からアドバイスを受けることがあっても、最終的に決断するのはオイラだ。それは昔も今も変わらない。そういう意味では孤独とも言えるけど、それは「自分のやりたいことをやってる」ための結果に過ぎないんだよな。

「終活」も「戒名」も必要ない。オイラが死んだら「よくぞ死んだ」と祝ってくれ。

死後の世界が楽しみ

オイラが「終活」って言葉を毛嫌いしているのは、自分の死生観とまるでそぐわないからだ。解釈するに、終活ってのは、すなわち「死のための準備」ということだろう。そんなことを考えるのは好きじゃない。「自分の死に意味を持たせよう」という臭いがプンプンしてくるからだ。

人間は生まれて必ず死ぬ。そこに特別な意味を持たせようとしちゃいけない気がする。

オイラはもう事故で一度死んだようなもんだ。「もらった命」みたいなもんなのに、死の間際でバタバタするのはイヤなんだよね。

普通、人が死ぬのが怖いと考えるのは、いわゆる「現世」への未練から死をさみしく思ったり、誰も教えてくれない「死後の世界」に対する不安みたいなものがあるからだろう。

オイラも「死んだらどうなるのか」って考えることはよくある。だけど、それは怖いというより、楽しみという感覚に近い。結局、きちんとした形で「死んだ後」のことを説明できる人間はいないわけでね。そこには何かあるのか、完全な「無」しかないのか。死んだら物理とか化学では分からないことが分かるような世界に連れてってくれるのか、と思うとワクワクする気分すらある。宇宙とか人間とか神とか、生きてるうちに説明つかなかったことが、死んだ瞬間に「あ、こういうことか」ってわかるんじゃないかって。まァ、そういう風に「死ぬ楽しみ」みたいなものを想像することで、死ぬことに保険を掛けてるってところはあるんだよな。

こないだ亡くなった樹木希林さんからも死に対する「あきらめ」みたいなものを感じたし、脚本家の橋田壽賀子さんも「自分で死を選べる社会を」と言っている。こういう意見は、オイラの持っている感覚に近いのかもしれない。ある程度、この世で「やりきった」

という感覚があったら、最後に望むのは死に場所とか死ぬタイミングを自分ではからせてくれということになるんじゃないか。

死ぬことの意味というのを哲学的に考えてもよくわからない。でもそれ以上に「生きることの意味」のほうが難しい。「なんで生きているのか」って意味は、歳を取るほど難しくなってくる。オイラの映画も、「どこで死ぬか」だけを考えているところがある。『ソナチネ』のときなんか、特にそればっかりでさ。

ガキの頃は足立区の下町でものすごく貧乏だったから、うまいもん食って、野球観て長嶋茂雄さんを応援して、なんて程度で生きることが実感できてた気がする。だけど、ある程度カネもらって、芸人の道や映画である程度認められてとなってくると、この先は「上手くやってもこの程度だな」って見えてくる。言い換えれば、自分の限界を知ったってことなのかもしれない。これから先、これまでの自分にできなかったことが突然できるようになるわけではないし、逆に自分にできることは大体見当がつく。だから今後の人生に過度な期待をするわけでもなくなってくる。

それなのに「生」にしがみつくっていうのは、なんだか絶対的な存在である「死」の反対側に怖いから逃げていくだけっていう気がしちゃうんだよ。

若い頃は、「自分はまだまだこんなもんじゃない」って期待するから執着する。それが「若さ」だけど、年寄りになってもそのままだと、ちょっと恥ずかしいことになっちまう。

自分の限界がわかって、「できること」と「できないこと」が判断できるようになると、自然と肝が据わる。「人はいずれ死ぬ」という当たり前のことを受け入れられるようになって、少々のことでは動じなくなる。もし「理想の老い」ってのがあるとしたら、そういうことなんじゃないだろうか。

「葬式」なんて知らねェよ

だから死への準備なんてあくまで精神的なことで、手続きでどうこうなるもんでもない。それこそ年寄りになってから慌ててやるもんじゃなく、若い頃からずっと頭の隅っこで考えて、少しずつ辿り着いていくもんじゃねェかと思う。

よく「エンディングノートに何を書く？」なんて聞かれることがある。オイラは当然、そんなもの用意しない。もし書くとすれば、「コマネチで有名なビートたけしさんが亡くなりました」なんてバカなニュース速報だけはやめてくれってくらいかな（笑）。

葬式も、戒名だってどうでもいいよ。とっくに自分は死んでいないんだ。そういうのは、残されたほうが自分の心に整理を付けるための手順だ。たとえ本人のこととはいえ、死んでいく人間がとやかく注文をつけるもんじゃねェだろう。

まァ、唯一言うなら、オイラの葬式はパァッと楽しくやってもらいたいもんだな。「よくぞ死んでくれた」って飲めや歌えの大騒ぎをしてほしいね。

戒名もし付けるんなら、ウケなきゃイヤだからさ。

「珍宝院《ちんぽういん》仮性包茎居士《かせいほうけいこじ》」

「駒根知院《こまねちいん》武珍宝大居士《ぶちんぽうだいこじ》」

みたいな18禁のヤバいのでよろしく頼む、なんて本気で思ってるからね。

歳を取ったら、親子の形も変わっていく。「子供の責任を取る」という甘えもある。

ニッポンは親子関係後進国

歳を取ってからの支えにもなれば、悩みのタネともなるのが「子供」の存在だ。中年と呼ばれる時代になっても定職につかなかったり、引きこもったりして「心配で死ねない」という親の話もよく聞く。だけど子供がある程度歳を取ったら、「突き放す」という考え方も必要だと思う。

芸能界の「二世の不祥事」を見れば、親が出張ることの珍妙さを感じずにはいられない。このあいだは三田佳子の次男が40近くにもなって、また覚せい剤で捕まっていた。清水良太郎って、モノマネタレントの清水アキラの息子も捕まっていた。こっちは30手前か。オイラは「今さら清水健太郎がヤッてたからって驚くな」って勘違いしちゃったけどね。

こういう件でわけがわからないのは、わざわざ親が出てきて謝罪をしていることだよ。「世間をお騒がせして申し訳ありません」なんて言っちゃってさ。とっくに成人している男の犯罪に、親は関係ないだろ。

二世タレントが何かやらかすたびにこういう謝罪会見を何度見てきたかわからない。まるで通過儀礼みたいになっちまってる。だけど、よくよく考えりゃ何の意味もないことだよ。なんでニッポンのメディアや視聴者は、身内の不祥事で頭を下げる親の姿をそんなに見たいんだろうな。

２０１７年の10月に、アメリカのラスベガスで少なくとも59人が死んだというとんでもない銃乱射事件があった。まさにアメリカの銃社会の恐ろしさを示す事件なんだけど、一方で「ニッポンより進んでる」って感じさせることもあった。犯人の弟が「呆然としている」「兄が宗教だとか政治団体に入ってるとは知らない」なんて、テレビのインタビューに顔を出して普通に答えてたんだよ。謝罪するでも、申し訳なさそうな顔をするわけでもなくね。これってニッポンじゃとても考えられない。おそらくこの国で同じことをやったら「他人事みたいに語りやがって」「お前も謝れ」って、テレビでもネットでもギャンギャン批判される。おそらく韓国あたりでもそうだよな。

だけどアメリカじゃ「成人の犯罪は家族に責任がない」って考えが定着してるから、そういう「一族連座」みたいなことにはならないんだよ。もしかしたら、二世の不祥事をタレントがペコペコ謝っているうちは、ニッポンは本当の意味で先進国にはなれないのかもしれないぜ。

一方で、親のほうに覚悟がないというのも事実だよな。先に挙げたタレント親たちも、謝罪会見で涙を見せても、本当の意味で子供を突き放しちゃいない。本気なら「絶縁して相続もさせない」とか「勘当して二度と会わない」くらい宣言してもいいはずだ。ほとぼりが冷めたら、これまで通り甘やかすんじゃないかって見透かされてるんだよな。

親は成人した子供の責任を取らなくていい代わりに、「他人になってもしかたない」という覚悟を持つ。自分たちも、子供たちも厳しい時代に生き抜くつもりなら、そのくらいお互いを突き放したほうがいいんじゃないだろうか。

車好きのオイラが運転をやめた。「オレは大丈夫」という高齢者は、自分を客観視できているか。

運転の「引き際」をどう見るか

「不良老人」になれとは言ったが、「暴走老人」にはならないほうがいい。これは自動車の運転の話だ。

老人の危険運転が社会問題になっている。認知症の老人が高速道路を逆走したり、ブレーキのつもりが間違えてアクセルを踏んで人を殺してしまったり、そういう事件は後を絶たない。連日のように、ニュースで報道されている。

オイラはこれまで「一定の年齢を超えたらマニュアル運転しか認めるな」「前後のバン

パーが1《メートル》くらい飛び出していて、少しでも何かに触れたらエンジンが自動停止する車を作れ」なんてアイディアを披露してきた。だけど、マジメな話、自分たちがこの世にいる間、抜本的な解決策は生まれないだろう。

だからオイラは、これまで車には色々と乗ってきたけど、この歳になって「ハンドルは握らない」って決めた。移動の時は、運転手のいない車には乗らないことにしている。

だからスポーツカーみたいな自分で運転したくなる車は買わなくなった。最近は、ロールスロイスみたいな後ろに乗っかったほうがしっくりくるデカい車にしか乗らないね。そういういかにもな車を自分で運転してたら、運転手と間違われてカッコ悪いだけだからね。

特別な事情もある。自分が事故を起こすのも怖いけど、実はオイラが運転しちゃうと、他人が事故を起こす〝原因〟になっちまう場合もあるんだよ。

昔、車を運転していた時、対向車のトラックの運チャンが「たけしだ！」って気づいて脇見運転して、すんでのところで事故ってことがあった。オイラが急いで「ハンドル切れ！」って叫んだら、その車ギリギリ持ち直したんだよ。

そこまでいかなくても、オイラが外車の左ハンドルを握って赤信号で待ってると、隣の車線に停まった車のドライバーと目が合って、「あ！」ってなるんだよ。そしたら面食らって信号が青に変わっても気づかないもんだから、後ろからクラクションを鳴らされてさ。そんなのは日常茶飯事だったね。

こないだ、元「モーニング娘。」の吉澤ひとみってのが、飲酒ひき逃げ事件で逮捕されてた。公開されたドライブレコーダーの記録を見たら、被害者が死んでしまってもおかしくない事故だったよ。

吉澤はこの件でタレントを引退したけど、ＩＴ企業の社長の妻でもあるらしい。いずれにせよ、冷静な判断ができないという一点において、タレントとしても妻としても二流だ。

老人の運転もそれと同じだ。自分で「退き際」を客観的に見られるかどうか。それが重要なんだよ。こればっかりは、自分の実力を過信したら取り返しがつかない。

もちろんすべての人が運転手を持つことはできない。それでも車を処分してタクシーやバスを利用したり、考えれば方法はある。その点、合理的に考えたほうがいい。

「宗教は人を幸せにしない」それは正しくもあり、間違いでもある。

信仰より「ルール」が大事

歳を取ると、その「さみしさ」を埋めるためかわからないけど、宗教や自己啓発セミナーみたいなのにハマり始めるヤツがいる。だけど、いくら手を合わせてもお布施をしても、それは自己満足に過ぎないと考えておいたほうがいい。

宗教が世界を救うなんてウソっぱちだと常々オイラは言ってきた。人類の歴史を見れば、宗教をめぐる戦争やイザコザで死んだヤツだらけだ。宗教で救われた人もいるだろうが、それより宗教に殺された人間のほうがよっぽど多い。パレスチナの紛争を見たって、「この世に宗教がなかったほうが平和だったんじゃないか」と思ってしまう有様だ。

宗教家が胡散臭いのは、拡大路線を掲げているヤツが多いからかもしれない。「もっと信者を増やせ〜」なんて号令をかけている宗教のトップってのは、もう宗教家というよりビジネスマンだ。

そんなことは、オイラがわざわざ言わなくたってみんなわかっているのだろう。だけど、それでも宗教にすがってしまうのは、みんな「何が人生の目的かわからないから」かもしれない。

たとえば、サッカーには色々なルールがある。手を使っちゃいけないとか、ヘディングはOKだとか。そういうルールがあるからスポーツとして成立してるんだけど、一方で「なぜそのルールじゃなきゃいけないのか」と聞かれたら、答えられるヤツはいないだろう。でもそういう規則が存在するから楽しいってのがあると思うんだよ。

何も縛りがないフリーな状態ってのは、ある意味ではすごく辛いことでさ。人生についても、神様とか仏様みたいなルールを作ってしまったほうが楽なのかもしれない。だからそもそもは宗教ってのが「楽に生きるコツ」として意味を持ったんじゃないかって思うんだよな。でも別にそういう「ルール」ってのは、宗教団体に所属しなきゃ作れないものじゃないからね。自分のさりげない日常の中で、それぞれが心の中に持っていればいいだけのことだと思う。

かくいうオイラも、時々は仏壇に手を合わせている。仏壇の中にはお袋や、父親、祖母、他にもいろんな大切な人が入っている。だけどこれは、宗教というよりは習慣に近いものだ。たとえばオイラが浅草にいた頃、芸人たちは浅草寺の前を通り過ぎる時には必ずちょっと立ち止まって、本堂に向かって手を合わせていた。けど、オイラもその芸人たちも、今の人に比べてとりわけ信心深いというわけでもない。

別に神様の存在とか、来世とかあの世を信じているわけではないけれど、そういう答えの出ない問題に答えを出さないことがニッポン人の知恵なのかもしれない。お盆にはあの世のご先祖様をお迎えして、親しい人の命日には墓参りをし、正月には初詣をする。キリスト教やイスラム教みたいな「信じるか、信じないか」の二者択一とはまるで違うところで、ニッポン人は生きてきたんだよな。

昔、西洋人の目には「八百万の神」を信じるニッポン人は野蛮だと映ったらしい。今だって、初詣をしながらハロウィンやクリスマスを祝ってと、まるで節操がないのは相変わらずだ。しかしその「答えを出さない曖昧さ」こそがニッポン人の武器になっているところがある。インターネットの時代になって、これだけ世界中の価値観がぶつかりあう中で折り合いを付けなきゃいけないという国際社会では、むしろニッポン的な曖昧さが重宝されるんじゃないかと思えてくる。

科学は進歩して、雲の上にも地面の下にも天国・地獄なんてありゃしないことはわかっている。だけど、無神論で生きていけるほど強い人間ばかりじゃない。

たとえば、自分の「弱さ」に直面するのは大切な人を失った時だよな。そのさみしさを、どうやって自分に受け入れさせて、乗り越えるか。オイラの場合、お袋の死をきっかけに仏壇に手を合わせるようになった。祈りとは、それ以上でもそれ以下でもないのではないだろうか。

「オウム」にハマったエリート

怪しげな新興宗教っていうのは、往々にしてそういうニッポン的な曖昧さを認めない。

この間も麻原彰晃をはじめ、13人のオウム真理教の教団幹部の死刑が執行されたけど、メンバーを見て、改めてエリートが多いのに驚いた。高学歴の研究者や、医者だったりね。

カルトな新興宗教が受験エリートを勧誘するのは、そういうヤツラが一番チョロいからでね。優等生が実社会で使える〝頭が回るヤツ〟かというと、必ずしもそうじゃない。ただ受験勉強のテクニックに秀でてるだけで、社会を生き抜く知恵を持っているとは限らないわけでさ。ガキの頃から近所の不良とやり合ったり、キツいアルバイトや肉体労働をしたり、そういう厳しい世間と接してこないままいい歳になっちまうこともある。

世の中は「○か×か」じゃ決まらないことだらけなのに、そういう純粋培養のヤツラは「こっちが正しくてこっちが悪い」っていう二元論にすぐ寄りかかっちまう。マークシートの解答みたいで、そっちのほうが居心地がいいんだろう。オウムみたいなのは、そういうヤツラを目ざとく見つけ出して引っかけたんだよ。

別に、オイラは年寄りが宗教にハマることを、そういうカルト集団と一緒にしちゃいない。でも「単純な二元論を疑え」っていうのは、老後を真っ当に生きるための手がかりになるんじゃないかとは思っている。

オイラが「死刑廃止論者」である理由。「命の重み」がわからないヤツに、死刑は意味がない。

宅間守の死刑は失敗だった

オウムの話が出たんで、ちょっと「死刑」についても話そうか。命というものの存在について考える時、この議論は避けて通れないと思う。

さっきも少し触れたけど、オイラは「生きること」と「死ぬこと」はいつも対になる問題だと考えている。死というのは、一生懸命生きようとすればするほど、重みが増していく。一方で必死に生きない人間にとっては、死の重みは、ドンドン軽くなっていく。死刑制度の是非も、この点を踏まえて考えなければ、まったく話は進まない。

今回のオウムの一斉執行も、国際社会から「非人道的だ」と批判を浴びたらしい。実はオイラは死刑廃止論者を公言しているんだけど、オイラの考え方はそういう国際社会の言い分とはまるで違うんだよな。

オイラが死刑に反対なのは、さっき言ったように「必死に生きていない人間には、死は重みを持たない」からだ。このところの凶悪事件は、「死刑になっても構わないから社会に報復してやりたい、メチャクチャにしてやりたい」というヤツの犯行が目立つ。

２００１年に大教大附属池田小事件で児童８人を殺した宅間守はその典型だった。本人が「早く死刑にしろ」なんて言ってやがったのに、望み通りすぐ死刑にしてやったのは大きな間違いだったと思う。

今の死刑ってのは、人権に配慮して「いかに苦痛をなくすか」に特化してる。ニッポンは絞首刑だけど、死刑囚に苦痛を与えないように最大限配慮してるという。

一方で、自殺ってのは大体とんでもなく痛い。特に躊躇して死にきれなかった場合は、目も当てられないよ。首つりにしたって、飛び降り自殺にしたって、地獄の苦しみを味わうことになるんでさ。だから、「自分でやるより、誰かを道連れにして国に殺してもらおう」と思うヤツが出てくるのはある意味で当然だ。自分でやるより、よっぽど安らかに殺してくれるわけでさ。

「死刑＝最高刑」という考え方はもう古い、これからは「これなら死んだほうがマシ」というくらい「生きていく辛さ」を思い知らせる刑を考えなきゃいけない。

やっぱり凶悪犯には強制労働をさせるべきだろう。夏の炎天下や冬の凍てつく中でも、農業やら土木作業をやらせて自給自足をさせるんだよ。自分でなんとか食料を調達しなきゃ、食うものはない。着るものも自分で縫わせて作れなきゃ、真冬でもスッポンポンでいい。死刑より辛い「サバイバル刑」を制度化してほしいね。

凶悪犯が本当に反省していて、自分の罪に報いるだけの生き方をしなければいけないとすれば、それは「死ぬより厳しい道」であるべきだ。

理想の老い方は、志ん生さんだ。負けず嫌いのオイラも、あの芸には敵わない。

ボケも粗相も芸になる

「死」についての小難しい話が長くなってしまった。

まァ、死なんてものは気合いを入れて前もって準備するもんでも、怖がってガクガク震えるもんでもないと思っている。理想はポックリ死にたい。安い焼酎の店なんかでツマミにあたって、ある日突然コロッというのが、オイラにとっては理想の死に方なのかもしれない。

だけど一方で、「やり残しているな」って思いも実はある。それは、まだ自分の芸は古今亭志ん生さんの域まで達してないっていうことだ。

晩年の志ん生さんは、ふらっと客前に出てくるだけで「なんか面白いな」と笑いが起こったという。脳出血で倒れて、家族や医者に止められながらも、口が回らなくても高座に上がった。

落語で名人と言われた人にも、いろんなタイプがある。先代の桂文楽さんは、演目にかける時間、テンポ、すべてを計算してコントロールしていた。一方の志ん生さんは、登場人物の名前なんて四六時中間違えていたからね。思い出せないと、「まァ、どうでもいい名前です」なんてお茶を濁していたという。酔っ払って高座で寝ていると、客が「滅多に見られないものを見た」と喜んだなんて伝説もある。

ある日、志ん生さんが廊下でウンコを漏らしちゃった。始末をした弟子が文句をたれると、「こんなことを嫌がってちゃ立派な百姓になれない」って怒ったって話は何度聞いても笑ってしまう。なんで落語家の弟子が百姓にならなきゃいけないのかってね。

志ん生さんは、自分の「老い」まで芸にしちゃった人だ。そういう境地に達することに憧れがある。テクニックだとかプライドだとか、そういうものを超えて、その先に見える芸ってのもあるんじゃないかと思うんだよな。

まァ、引退して悠々自適の老後生活ってのができるんならそれでもいい。だけど、客前で生きてきたオイラみたいな人間は、どうしてもステージ上やカメラの前にいたいと思ってしまう。もしかしたら、志ん生さんの高座もそれと同じようなものだったんじゃないだろうか。

自分が一番好きな場所で、恥ずかしい部分も含めてあるがままの姿をさらけ出せる。それは芸人だけに許された特権なのかもしれない。それはまるで、泳ぐのをやめると死んでしまう魚のようでもある。いわゆる良識ある人から見りゃ、愚かなことかもしれないけど、オイラはそういう生き方を選ぶし、そこに「愛嬌」のようなものを感じる。そんな愛嬌は、芸の道にいる人間じゃなくても、生き方のヒントになるんじゃないだろうか。

第2章

友の死、さみしいね。

松方弘樹さんは永遠の大スターだった。懐かしい「酒と女とカネ」バラしちゃうよ。

テレビの楽屋で聞いた訃報

この1~2年で、またオイラと関わりの深い人たちがたくさん亡くなってしまった。『ニュースキャスター』や会見でコメントを求められることも多いけど、とてもそこでは語り尽くせないことがある。この本のテーマである「老い」や「死」を考える意味でも、そういう人たちとの思い出を詳しく話しておこうと思う。

1月23日月曜日(2017年)の夕方だったかな、『世界まる見え!テレビ特捜部』(日本テレビ系)の収録が終わった後、楽屋で『週刊ポスト』の取材があったんだけど、担当のアンチャンがいきなりこう言ったんだ。

「松方弘樹さんが亡くなりました……」

頭がまっ白になったね。危ないという芸能界の噂は聞いていたけれど、なかなか理解するまでに時間がかかった。

「そういや、『元気が出るテレビ!!』も、ここで撮ってたな……」

松方さんと一緒にやってたあの番組は、あの日と同じ麹町の日本テレビのGスタジオで収録していた。そう呟いたのをきっかけに、いろんな思い出がドンドン甦ってきた。

意外にも「ゲラ」だった

『元気が出るテレビ!!』の企画が持ち上がった頃、オイラは松方さんと出会ったんだ。キャスティングを考えていたら、当時、制作会社ＩＶＳのディレクターだったテリー伊藤が、

「松方さん、いいんじゃないですかね～」なんて言うんだよな。

当時の松方さんは『仁義なき戦い』やら東映の実録ヤクザ映画のイメージがバリバリにある頃でさ。だからオイラは最初、「大丈夫かい？　おっかないんじゃないの？」「バラエ

ティなんてガラじゃないだろ」って、首を傾げたんだよな。

じゃあ実際会ってみましょうよってことで、四谷の寿司屋でメシを食う流れになったんだ。日テレの人とテリー伊藤と3人で店に入ると、松方さんが先に来て待っていてさ。もう、ヤクザ顔負けの迫力で、ギラッとこっちを睨むんだよ。

だけど「やべぇな」と思ったのは最初だけ。酒をガンガン飲んでると、あの人が「ゲラ」だってわかったんだよ。「ゲラ」ってのは、「ゲラゲラすぐ笑う人」って意味の業界用語でね。あの「イーヒ、ヒ、ヒ」って笑い声も特徴的だろ。「これはハマるぞ」って思ったんだよな。それで、その場で「毎週なんですけど、レギュラーで出てもらえます？」って聞いたんだよ。そしたらニコッとOKしてくれてさ。

勘定2000万円

松方さんは、自宅のある京都と東京を往復して大変だったんじゃないかと思うけど、結局『元気が出るテレビ!!』では、10年以上も付き合うことになっちゃった。

その間、本当によく遊んでもらったよ。遊んだ、遊んだ、遊びまくった。酒も女も、いろんなことを教えてもらったね。

『元気が出るテレビ!!』の放送は日曜日の夜だけど、収録は月曜日だったんだよな。月曜の夜に麹町の日テレで撮りが終わると、その足で川崎の堀之内にすっ飛んでいくわけ。松方さんのおごりで、みんなでソープランドだよ。スッキリしたらその辺のクラブで飲んで、ドンチャン大騒ぎして帰るっていうのが恒例でさ。

本当に、昭和の良い時代の遊び方をしてたよな。あの人は、とんでもなくカネ払いが良かった。あんなに豪儀な人はなかなかいないぜ。京都で超一流のステーキ屋に連れてってくれたときは驚いたよ。なんと5人で食いに行って、その勘定が2000万円だぜ。

いくら高い店だって、メシだけ食ってたら5人で100万円もいかないからね。ロマネ・コンティのビンテージものだか、1本数百万円するようなヤツを10本近く飲んじゃったんだ。それを松方さんがぽーんとひとりで払っちゃうんだからね。カードなんかじゃない、現金だぜ。よく覚えてないけど、そんなカネ財布に入るのかって話だよ。

その頃はとにかく景気がよかった。『元気が出るテレビ!!』が大ヒットで、観光地にグッズを売る「元気が出るハウス」ができててさ。1日に1500万円売り上げる店もあったって聞くぜ。松方さんの知り合いもその店に絡んでて、けっこう儲かったんだって。

で、「元気が出るハウス」で売ってるトレーナーもバカ売れして、あまりの売れ行きにニセモノまで出回ってたんだよな。

そのトレーナーがホンモノかどうか見分ける方法ってのが大笑いでさ。洗濯しても大丈夫なのがニセモノで、色落ちしてまっ白になっちゃうのがホンモノというね。ホンモノのほうがよっぽど粗悪品だったというオチなんだよな。

太秦の「お兄ちゃん」

話を松方さんに戻すと、あの人は別にオイラやら出演者だけにおごってたわけじゃない。スタッフにも大盤振る舞いだった。

『元気が出るテレビ!!』じゃ、毎年春と秋に関係者を一堂に集めて、「スタッフパーティ」というのをやるんだよ。

そのときに、松方さんは出演者とスタッフの全員に小遣いをくれるんだけど、オイラなんかはさすがに辞退しちゃうからね。そしたら、その残ったご祝儀をめぐって、大ジャンケン大会だよ。あの頃は本当におおらかな時代だったね。

オイラがドラマや映画の撮影で京都・太秦の撮影所に行ったときも、松方さんのそういう面倒見の良さのおかげで助かった。

松方さんは裏方に対してもそんな風にカネ払いがいいんで、「お兄ちゃん、お兄ちゃん」って呼ばれて、うるさ型のスタッフみんなから慕われてるんだよな。逆に、ケチなヤツは大変な目に遭っちゃう世界だからね。撮影所での扱いがゼンゼン違うんだよ。

オイラが太秦で「よろしくお願いします」って頭を下げたら、「ああ、お兄ちゃんに〝タケちゃんのことよろしくな〟って言われてますから」って撮影所の一番端にある「特別室」って楽屋に通されたんだ。

並びにあるのが、鶴田浩二さんとか高倉健さんとかの専用室でさ。その横にあるすごい部屋で、いきなりそんなところに入れてくれたんだよな。全部松方さんの「顔」のおかげ。『元気』が終わってからも、色々と気を遣ってもらったね。テレビ局の楽屋に、大量のマグロの刺身が届いたこともあった。「松方さんが釣り上げたものです」ってね。そりゃ立派なもんで、腹いっぱいになっちまったよ。

オイラより4つ年上の松方さんは、まさに「兄貴」みたいなもんだよな。「死んじゃうなんてまだ早いよ」って思うし、晩年の闘病もキツかったんだろうけど、いい時代を生きた人だったよ。

オヤジさんが近衛十四郎という時代劇の名役者で、子供の頃からお坊ちゃんで育ってさ。鯉がいっぱいいる京都のすごい豪邸に住んで、時代劇もヤクザ映画もドラマもバラエティ番組も全部当てて人気者になった人だよ。パイプカットするほど女道楽もサンザンやってさ。あるオネエチャンのところに遊びに行ったら、いきなりその部屋に力道山が帰ってきて急いで隠れたなんて笑える修羅場の話も聞いたね。

とにかく太くて短い、松方さんらしい生き方だよね。勝新さんや萬屋錦之介さんに連なる系譜だな。昭和がとっくに終わって、平成もそろそろ終わろうとしてる中で、こういう破天荒で豪放磊落、それでいて色気がある役者は、もう現われないのかもしれないぜ。

カネを天国に持っていくことはできないけど、松方さんみたいな破天荒な話は、残された人の心にいつまでも残る。そう考えると、一見すりゃ無駄遣いの松方さんのカネの遣い方は、意外と「人生」ってものに彩りを与える洒落たものだったのかもな。

大杉漣さんの死に涙したのは、「自分が生んで死なせた」という意識かもしれない。

なぜ目にとまったのか

『ソナチネ』からずっとオイラの映画に出てくれていた大杉漣さんも、急性心不全で亡くなった。まだ66歳だからね、早すぎるよな。

この死は本当に堪えた。訃報の後でみんなに聞かれたのが、なんでオイラが『ソナチネ』のオーディションで、たくさんいる候補の中から漣さんを選んだのかってことだった。

だけど、自分で思い返してみても、正直なところよくわかんないんだよな。

その日、漣さんは2時間も遅刻してきて、オイラがもう帰ろうとした時に、初めてあの人を見たわけだけどさ。

そんなヤツ、普段のオイラなら「もう知らねェよ」となるところなんだけど、その時に限って「コイツだ！」って思ったんだよ。

上手く言えないんだけど、たぶん漣さんの「顔」がそうさせたんだと思う。

別に男前だとか、ブサイクだとか、そういうことを言ってるんじゃない。役者とか芸人みたいな芸事で成功する人は、何か人を惹きつける顔を持ってるんだよな。それは簡単には言語化できないけどね。漣さんを見たときも、直感で「この人は何かある」って感じたんだよね。

『ソナチネ』じゃ、まず取り立ての電話をかけまくるヤクザの下っ端役をあげたんだけど、やらせてみると他の役者よりダンゼン上手くてさ。その場で「よし、脚本変えちまおう」っていきなり重要な役にしたんだよね。結局、その演技が評価されて俳優として成功していくんだけど、出会いを考えると奇妙な縁だよな。「人を見る目がある」なんて褒められるけど、そんな大したもんじゃない。ただ〝感じた〟ってだけなんだ。

芸の最高潮での「死」

「縁」なんて言葉で片付けられないほど、不思議な運命の糸を感じている。遺作になった『アウトレイジ最終章』では、オイラが漣さんを殺してしまう。映画俳優として世に送り出したのもオイラだし、殺しちまったのもオイラだった――そう思うと何か複雑な気分になっちまうんだよね。

不謹慎な言い方だけど、漣さんは一番良いときに死んだんじゃないかな。さみしいのは、もちろんさみしいよ。でも、「羨ましい」って感覚もあるんだよ。

オイラはどんなにヨボヨボになって、「見苦しい」と言われたって、オファーがある限り芸能界に居座ってやると決めている。それが意地でもある。だけど、「死に時を自分で決められない歯がゆさ」も感じてる。その点、漣さんは一番輝いていたときにスパッといなくなった。その潔さってのは、自分から得られないだけに憧れもある。さみしいけど、それより「よくやった」って思いが強い。「生きる喜び」の裏には常に「死の冷酷さ」がある――大杉漣の死を考えるたび、そう思わずにはいられないね。

明治大学の同級生・星野仙一さんは、色気のある野球選手だった。

「おい、たけし！」

大杉漣さんは、オイラと同じ明治大学出身だった。明治といえば、この人の死もさみしいことだった。70歳、膵臓がんで亡くなった星野仙一さんだ。3球団を優勝に導いた監督として野球殿堂入りしてすぐの訃報だったのをよく覚えている。亡くなる半年ほど前に、一緒に『ボクらの時代』（フジテレビ系）ってトーク番組にも出たんだ。その時は病気のそぶりなんて見せなかったからね。こんなことになるとは思ってもみなかったよ。

星野さんはオイラを長いこと後輩だと思ってたみたいでさ。だからずっと「おい、たけし！」って呼ばれてた。オイラは早生まれなもんで、それで1学年下だと勘違いしてたんだよな。だけど実際は誕生日も4日しか違わないわけだよ。

同学年だとわかったら、急に「ごめんね〜、たけしさん」なんて言っちゃってさ。明治出身者、特に体育会系の人は、本当に先輩・後輩の上下関係に厳しいんだよな。

オイラなんか大学生といったってフラフラしてたクチだけど、野球部じゃ先輩の命令は絶対でさ。どんな理不尽でも耐えなきゃいけない。星野さんみたいな大学野球のスーパースターでも、毎日のように先輩に「たばこ買ってこい」なんて命令されて、パシリ扱いだよ。今みたいに24時間営業のコンビニや自販機もない時代だからさ。夜中にタクシーで繁華街まで買いに行ったこともあったんだって。だけどおかげで要領が良くなって、それぞれの先輩が吸ってる銘柄のたばこを買いだめして準備してたらしい。頭がいい人だよね。

「鉄拳制裁」のルーツ

星野さんといえば「闘将」「鉄拳制裁」というイメージだけど、きっと明治の鬼監督の島岡（吉郎・故人）さん譲りだよ。星野さんは島岡監督を「オヤジ」と呼んで慕ってた。

ある日、試合で打ち込まれた星野さんが、監督から夜のグラウンドに呼びだされて、一晩中マウンドで正座させられてたんだって。星野さんは疲れて正座したままウトウト寝ちゃったんだけど、夜が明けて目を覚ましたら、島岡さんもホームベースのところでずっと座ってたんだって。選手と一緒に苦しむ姿を見て「この人には一生逆らえないな」と思ったらしい。

それを見習ったから、星野さんも闘志剥き出しの厳しい指導でも選手から慕われたんじゃないか。選手には厳しかったけど、ミスした選手を使い続ける優しさがあったんだよな。話してみると、星野さんは意外と遊びもよく知っててさ。プロ野球選手が派手で色気があった最後のいい時代を生きた人だよね。

最近の若手は遊びもしないしマジメだから「良い子チャン過ぎて面白くない」なんてこともこぼしてた。近頃の監督に対しても「なんで選手がミスしたのに怒らないんだ」って憤慨してたね。

今はメディアも教育現場もパワハラだなんだとうるさいから、星野さんみたいな監督はもう出てこないだろうね。

衣笠さんも同級生

オイラと同級生のプロ野球選手といえば、元広島カープの衣笠祥雄さんの訃報もあった。プロ野球連続試合出場の記録保持者の「鉄人」だよ。国民栄誉賞ももらってる、説明の必要すらない有名人だよな。

衣笠さんはオイラとまったく同じ日に生まれてるんだよ。そのよしみで、テレビやラジオじゃよくネタにさせてもらったよ。

「衣笠さんの家に呼ばれてドアを開けたら、鉄棒にぶら下がってバナナ食いながら現われた」なんてギャグを話したり、本人に「ガッツ石松さんとは同じ種族ということで仲良しなんですか?」なんて聞いたりして毎回怒られてた。しまいにゃ、連続出場について「人間とは思えない偉業ですね」と褒めただけでも怒られたね。

時代を代表する「顔」がいなくなるのはさみしいね。

さくらももこさんの功績は、「PTA推奨じゃないシニカルな笑い」を子供に広めたことだ。

オイラと似ていた笑いのセンス

こっちも縁の深い人だった。漫画家のさくらももこさんも、乳がんのために53歳で亡くなっている。知らなかったけど、10年近く闘病していたそうだ。大杉漣さんもそうだけど、自分より若い人が亡くなるのは、どうにもさみしくなる。

彼女は昔からオイラのテレビやらラジオのファンだったんだよ。で、追っかけみたいなこともしていたらしい。『オールナイトニッポン』（ニッポン放送）のスタジオにも、よく遊びに来てくれたと思う。確かその当時はもう売れっ子の漫画家だったはずなのに、あんまり小っちゃいもんだから、「おい、子供が紛れ込んでるぞ」なんてイジったりして、そっから仲良くなってさ。

そんなつながりで、オイラがアニメの『ちびまる子ちゃん』に登場することもあったし、プライベートでもちょくちょく交流があったよ。オイラの家にはさくらももこが描いた大きな絵が飾ってあるし、向こうの家に遊びに行ったこともある。漫画の「ヒロシ」で有名な彼女のオヤジさんにも会ったよ。

息子さんは、自分の親が「さくらももこ」だってことを知らないんだよな。ビックリしちまったよ。たぶん、子供が「自分は有名人の子供だ」って知ることで、妙に鼻高々になったり、逆に変なプレッシャーを感じさせるのがイヤだったんじゃないかな。子供とはあくまで「普通の親子」としての時間を持ちたかったんだろうね。

さくらさんと話した中で、よく覚えているのが確かお祖父さんの亡くなった時のことだよ。お祖父さんは亡くなる時に口をポカーンと開けたまま死んじゃって、それを隠すためにほっかむりみたいなのを頭に巻いて納棺したんだって。本当は白いさらしの布がよかったんだけど、見つからないからしかたなく〝祭〟と赤い字で書かれた手ぬぐいで代用したんだよな。

それをさくらさんは「ドジョウすくいの人みたいだった」なんて言ってさ。「今にもクネクネ踊り出すかと思って、あたしゃ笑いを堪えるのが大変だったんだから」ってね。

芸人ならまだしも、女の人が自分の身内をそういう風に引いた目線で見たり、話したりすることはなかなかできないよね。結局、そういうシニカルさというか、ブラックユーモアみたいなセンスがオイラと似ているのかもしれない。

それでいて、茶化す相手への愛情みたいなものがあるんだよ。だから歳は離れていたけど、ウマがあったんだろうね。

まる子と同じ喋り方

『ちびまる子ちゃん』もまさにそうだよな。一見して子供向けのように感じるけど、実はシニカルな視点がある。まる子ってのは単に素直な子供じゃなくて、物事を裏やナナメから見て、ずる賢く立ち回ろうとするところがあるから面白いんだよね。だから子供だけじゃなく、大人も楽しめる作品になる。

最近になって、シニカルな笑いができる女芸人がちょいちょい出てきたのも、さくらももこの影響じゃないか？　そういうセンスを子供たちに広めたのは、すごく価値のあることだと思うよね。ＰＴＡ推奨じゃない笑いを、誰も嫌がらない形で広めたのはすごいよ。もう『ちびまる子ちゃん』は、『サザエさん』に肩を並べたんじゃないか？　平成を代表するアニメだね。まだ色々と描いてほしかったんで、本当に残念だよ。

でも思うんだけど、声優のＴＡＲＡＫＯがやってるまる子の声や喋り方ってのは、まんまさくらさんなんだよな。声優が研究したのか、その辺はよく知らないけどもうソックリでさ。

アレを見ていると、「さくらももこはずっと生き続けていく」って気がするね。

樹木希林さんは〝間〟の取り方が上手すぎて、共演者からは怖れられていた。

死ぬまで現役

親しかったとまでは言えないけど、印象的な存在だったのが女優の樹木希林さんだ。希林さんは全身がんに冒されてるって告白してからずいぶん経つけど、周りには病気であることをまるで感じさせなかった。結局、死ぬ間際まで俳優として作品に出続けてたよな。カンヌ映画祭でパルム・ドールを獲った是枝裕和監督の『万引き家族』にも大事な役で出ていたしさ。

亡くなる直前にちょうど放送してた、旦那の内田裕也さんに密着した『ザ・ノンフィクション』（フジテレビ系）にオイラもちょっと出たんだけど、その番組のナレーションも希林さんがやってたな。まさにオイラが理想とする「死ぬまで現役」を体現した人だったと言えるかもしれない。

あの人は、一言で言っちまうと「とにかく演技が上手い人」だと思う。独特の「間」と雰囲気で、作品の中に自分の場所を作り出す。ニッポンには、ああいう存在感を持った俳優はなかなかいないよ。

何度かテレビドラマで共演してててね。『松本清張　点と線』（テレビ朝日系）ではオイラの義理の姉役で、『金の戦争』（フジテレビ系）じゃ、母親役だったんだよな。年齢は4歳しか違わないと考えると、やっぱりすごい人だよね。

オイラは映画ってのは「間」の芸術だと思ってる。作品中の間もそうだし、役者と役者の間の取り合いってのも大事だ。

希林さんはそれがバツグンに上手かった。共演俳優がいくら熱演していても、そこに台詞をかぶせちゃったり、逆になかなか台詞を言わないことで間を外すこともあった。相手の演技を潰して、自分のペースにしてしまえる役者だった。

共演者泣かせ

だから希林さんみたいな演技の上手い人ってのは、共演者目線だと怖いんだよ。一緒のシーンを撮ってると、いいところを全部持っていかれちゃうんだからさ。一緒に画面に収まっている人の印象が薄まっちゃって、相手役を誰が演じてたのかってことすら忘れちまうんだよな。

橋爪功さんとは文学座の同期なんだよな。10代から文学座で揉まれて、長年かけてあの技術を培ってきたんだろうけど、オイラはテレビでの活躍が大きかったんだと思うね。テレビドラマで、『時間ですよ』とか『寺内貫太郎一家』をやって、ドタバタ劇を演じたのが、後になって効いてきてるんじゃないかな。『寺内貫太郎一家』じゃ、まだ30代前半だってのに老けた母親役をやっててさ。ああいうホームドラマ特有のコメディの掛け合いをこなしていく中で、間をコントロールする力が身についたのかもしれないね。

希林さんは本当に奔放な人だよ。その出世作のプロデューサーだった久世光彦さんの不倫を、パーティの挨拶で暴露しちゃったんだから。意志が強くて、自由で媚びない人と言えばそうなんだけど、付き合うほうは大変だったろうぜ。

共演はあったけど、オイラの映画に出てもらったことはなかったんじゃないかな。

映画監督のオイラはバッサバッサと編集するタイプだから、あの人の独特の「間」を持て余しちまった可能性はある。だけど、「もしオイラが樹木希林主演で映画を撮ってみたら」と考えたらちょっと面白いよね。もしかしたら意外にハマって、希林さんの代表作になったりしてね。オイラだったら『万引き家族』みたいな是枝作品とはもっと違う感じの一面を見せたい。だけど、もうそのチャンスがないっていうのはさみしいよな。

希林さんが亡くなったことで一番心配なのは、オイラと縁浅からぬ内田裕也さんだよ。相変わらず「シェキナベイベー」なんて言ってるけど、こないだの密着番組の時は車いすで歌ってた。ずいぶん体にガタがきてるのかもしれないよね。あんまり気落ちしないで、今まで以上に無茶をやらかしてほしいよ。

西城秀樹、ベイダーも死んだ。昭和、平成はますます遠くなっていく。

別世界にいた新御三家

他にも、時代を彩った人たちがたくさん亡くなった。まず、希林さんとも『寺内貫太郎一家』で共演してた、昭和の大スターの西城秀樹（享年63）だ。15年くらい前に脳梗塞になってから、体が言うことを聞かなくなってたんだってね。それでも「ステージに立ち続けたい」って、ずっと一生懸命リハビリをやってたんだって。

あの人はサウナ好きで有名だったもんな。オイラもサウナは大好きでよく行くし、高血圧で心臓が強いほうでもないんで他人事じゃないよ。

オイラが浅草のフランス座にエレベーターボーイで入った頃、ちょうど西城、郷ひろみ、野口五郎の「新御三家」がキャーキャー言われて、大人気だったよね。オイラはまだ何者でもなくて、明日どうなるかもわからない状態だった。漫才コンビを組んでも、なかなか上手くいかなかったりでね。

80年代になって漫才ブームが起こって、オイラもテレビに出てジャンジャン稼ぐようになったけど、それでもまったく別世界の人間だったよ。

あの頃は、アイドル歌手と漫才師じゃ、天と地の格差があった。オイラみたいな芸人が新御三家と絡む機会なんてほとんどなかったし、アイドルをバラエティ番組に呼んでも「そんなもん出られるか！」って怒って帰ったヤツもいたしね。アイドルや俳優がバラエティ番組に出てると、「落ちぶれたな」みたいに言われることもあったんでさ。

SMAPが芸人を潰すという予言

だけど、そんな流れが変わったのが90年代だよ。やっぱりSMAPがドンドンとバラエティに進出してきたっていうのがデカイよな。

SMAPの連中は、10代の頃からオイラの『スーパーJOCKEY』(日本テレビ系)なんかにゲストで出ててさ。熱湯風呂やら、これまでアイドルがやらなかったこともガンガンやってね。一気に芸能活動の幅を広げていったんだよな。

当時、オイラは「ジャニーズのアイドルが本気でお笑いに進出したら、芸人はメシの食い上げになる」と言ってた。その予言はまさに当たったね。その後は、『SMAP×SMAP』(フジテレビ系)でコントやらに手を出すようになってさ。アイドルがバカバカしいコントをやるっていうのは、当時は意外性があったんだよな。

そして、今やアイドルが当たり前のようにバラエティ番組の司会や、ニュースキャスターまでやるようになっちまった。フジテレビの『27時間テレビ』じゃ、関ジャニ∞の村上信五と司会をやってるけど、なかなか勘がいいし、確かにセンスがあるんだよな。で、ニュース番組にはオイラも含めお笑い芸人も出るようになって、もうテレビのすべてのジャンルが芸人・アイドル・役者の垣根なしの椅子取りゲームになっちまった。

こうなると、もうどんなキャスティングにも驚きを感じなくなる。「配役やタレントで視聴率を取ろう」なんて発想自体が難しくなってくるよな。

テレビも変わった

結局、テレビの世界で「ウケる」っていうのは、意外性があるかどうかに尽きるんだよ。技術的にはデタラメでも、企画や見た目にインパクトや物珍しさがあれば、ブームになって視聴率も上がる。だけど、いくら技術が上がって内容が洗練されても、「ああ、これはどこかで見たことがあるな」と思えばブームは落ち着いてしまう。

結局、テレビもあらゆるジャンルが二番煎じになっちまってるから、ドンドンつまらなく、予定調和になっちゃうんだよな。

オイラは80年代から90年代にかけて、いろんな番組を作った。『元気が出るテレビ!!』に『風雲!たけし城』、『スポーツ大将』とか、『平成教育委員会』もあるよな。最近の番組も、もしかしたらほとんどがこの4つの番組の系譜に入っちゃうんじゃないの? あとはクイズ番組とか、再現ドラマものぐらいだよな。

やっぱり誰も見たことがないような新ジャンルを作らないと、ジリ貧だよね。オイラもこの辺で何か新しいことを考えなきゃと思ってるけど、最近のテレビは色々と縛りがあって大変だよ。

ネットにつながったテレビやスマホじゃ、Amazonやネットフリックスが作っているオリジナルのドラマやバラエティがウジャウジャあるからね。「規制だらけの地上波テレビ」と「タブーが少ないネット配信番組」を同列で見た時、新鮮さ、目新しさで従来のテレビ番組が敵わなくなってきている。そんな空気はオイラもヒシヒシと感じるね。

テレビがこのまま「予定調和メディア」になってしまうか、刺激的であり続けるかはテレビ局のお偉いさんの判断なのかもしれないけど、まァ、ワクワクするのはどっちかってのは言わなくてもわかる。人間だけじゃなく、テレビ界も「不良老人」を目指すべきだとオイラは思うけどね。

まァ、これからはタレントも大変だな。「誰でも代わりがきく時代」になっちまったからね。「一発屋芸人」ってのも、毎年1枠から半年1枠くらいにスパンが短くなってきてるし、成宮寛貴とか小出恵介なんて若い俳優がいなくなっても、特にオオゴトになってる様子はないしさ。

TOKIOの山口達也が未成年へのセクハラスキャンダルで消えたって、1か月も経てば誰も話題にはしない。90年代に芸人のお株を奪ったSMAPだって、解散騒動の時こそ盛り上がったけど、解散しちゃえば似たようなもんだよ。

70年代の西城秀樹や山口百恵とか、王・長嶋みたいな本当の意味での「国民的スター」ってのは、もうこれからは出てこないんじゃないか。昔は夜になれば家族揃って同じテレビ番組を観て、そこに映るスターに子供から大人まで皆が夢中になるって文化があったけど、今じゃ、そもそも家族同士の結びつきも弱くなっちまったし、それぞれがスマホ画面を見つめちまってるわけでさ。

もう国民すべてがテレビの前で熱狂するなんて時代は終わったんだよ。

たけしプロレス軍団の裏話

昔は、プロレスが全国ネットで生放送されてた時代もあったけど、今じゃ考えられないよな。そういえば、プロレスラーのビッグバン・ベイダーも63歳で亡くなった。西城秀樹と同い歳だったんだな。ベイダーはオイラが作った「たけしプロレス軍団」で新日本プロレスデビューしたんだよ。

オイラがアントニオ猪木へ送り込んだ刺客でさ（笑）。猪木からいきなりピンフォール勝ちを奪う衝撃のデビューだったけど、本来のカードだった猪木vs長州力を期待してたファンからは大ブーイングだったというね。オイラ、人生であれほどのブーイングを浴びたことはなかったね。

それからベイダーは人気レスラーになっていくわけだけど、この話には裏があったんだよ。ベイダーも亡くなっちまったから、もう時効かな。

実は、ベイダーが「たけしプロレス軍団からデビュー」っていうのは、アントニオ猪木と東スポが描いた青写真でさ。オイラのところに一緒にやってきて、「そういうストーリーでお願いします」って頼んだんだよ。文字通りビジネス的なシナリオだったわけ。まァ、今となれば懐かしい話だよな。

昔、一時代を築いた人たちが次々といなくなっていく。平成も終わろうという時に、なんだかさみしいもんだよな。だけど、下り坂の時代を無理して生きるより「良い時代を生きたな」って言われながら、太く短く去っていくほうがカッコいいのかもしれないね。

第3章

ニッポン社会も老いている。

テレビも雑誌も老いている。『新潮45』の休刊には気骨も仁義も感じなかった。

老化とは「定型化」である

これまでは「老い」や「死」というとても個人的なことについて話してきた。だけど、これらはすでに個人を超えてニッポンという国全体の問題になっている。

人口の中でオイラたち団塊の世代の占める割合が一番多いから、というのも理由のひとつだけど、それ以上に、この国自体が老いてきている感覚がある。いくら株価が高くても、それに伴う景気の良さも、社会の活気も感じない。これから少子高齢化はますます進むし、そんな中で経済がV字回復ということも夢物語に近いだろう。

だけど、それよりマズいのは、いろんな分野で「未来に期待してもしょうがない」というあきらめの空気が出てきていることだ。あらゆる社会、あらゆる業界が老いてきている。

その代表格が、オイラのいるテレビ業界かもしれない。「メディアにも寿命がある」——最近ますます、そのことを肌で感じている。『テレビじゃ言えない』という本でも話したけど、このところの地上波の自主規制はとんでもないことになっている。政治的な内容どころか、下ネタやカツラネタまで「ダメ！」と先回りして注意されちまう。単なる〝言葉狩り〟だけじゃなく、新しいアイディアや企画まで「それはコンプライアンス的にどうでしょう」なんて言われて芽を摘まれちゃうんだよな。さらにコストカットが厳しいこともあって、ドンドン新しい発想は実現しないまま追いやられていく。

そんな中で数少ない高視聴率番組が『笑点』（日本テレビ系）だって言うんだから、陰鬱な気持ちになってしまう。こんなマンネリ番組がウケるから、作り手も「変わったことをするより中高年向けに焼き直し番組を作っとけばいい」という発想になる。貧すれば鈍するで、メディアそのものがドンドン老化していく。

今のテレビ作りは、すべて「定型フォーマット」に落とし込まれていく。朝の番組なら天気予報は女子大生かフリーの女子アナに読ませて、夕方の情報番組はグルメ企画と芸能人のスキャンダル。どのチャンネルに合わせても、大して変わりはない。そういう状況になってきてしまってるんだよな。

生産性がないのは政治家のほうだ

そのテレビが「ネタ探し」の場にしているのが週刊誌だ。最近流行りの不倫スキャンダルとか、スポーツ界のパワハラとか、ほとんどが週刊誌発のスクープになっている。その点で、まだテレビより雑誌のほうが気概があると言えるのかもしれないけど、こないだの『新潮45』の休刊騒動には呆れちまった。

『新潮45』はまず、自民党の杉田水脈《みお》という女性議員の「LGBTは生産性がない」って主旨の論考を載せて、世間からガンガン叩かれた。その後に「そんなにおかしいか『杉田水脈』論文」って再反論の特集を組んで、この内容がまた輪を掛けて差別的だって言うんで、もっと炎上したんだよな。で、新潮社の社長がこの企画について〈あまりに常識を逸脱した偏見と認識不足に満ちた表現が見受けられました〉と見解を出したりして、それでも批判が収まらなくて、結果「休刊」ってことになっちまった。

まァ、この件に関しては色々と言いたいことがある。

そもそも、どの口が「生産性がない」なんて言うんだと思うね。生産性がないのは政治家連中のほうだろうよ。国民の税金で高い給料や補助金をもらっておいて、ロクな仕事をしちゃいない。国会質問もしない、議員立法もない、質問主意書も出さない「オールゼロ」なんてのもワンサカいるからね。杉田水脈って議員がどれほどの働きをしているか知らないけれど、胸を張って「ニッポンを動かしている」なんて言えるのか。

自分に返ってくるブーメラン発言になるってことすらわかってない。自分たちが世間からどう思われてるか客観的に見ることができないのに、マイノリティを批判して悦に入るなんてバカ丸出しだよ。

新潮社だって、普段はカッコいいこと言ってるくせに「ジャーナリズムだなんて口だけだな」って感じだね。杉田とやらの主張にはまったく賛成できないけど、一度叩かれても再反論するんなら、徹底的に理論武装して、トコトン議論するってのが基本姿勢であるべきだろう。ところが旗色が悪くなるとすぐに店じまいっていうんなら、「じゃあお前らのジャーナリズム精神ってのは何なんだ」と思われてもしかたない。結局「売らんかな」でセンセーショナルなことをやっていただけで、そこにはポリシーも何もあったもんじゃない。おそらく、雑誌を閉じる判断も、批判された以上に「売れていない」からだ。屋台骨の週刊誌で同じことが起こったら、さすがに新潮社もこんなに簡単に尻をまくったりしないだろう。

出版界もテレビに負けず劣らず「老いている」という象徴的な話だと思う。

新潮社と袂を分かった理由

オイラはこの問題が起こる直前に、『新潮45』の連載を止めた。先に話した独立問題で、『週刊新潮』に不本意な記事を書かれたからだ。オイラは自分の判断で、事務所の仕組みがおかしいと感じたから独立しただけなのに、「愛人のため」とまで書かれた。

もちろん新事務所の「T．Nゴン」を一緒に共同経営していくオネエチャンは、オイラのことを好きなんだとは思うけど、そんな風にレッテル貼りされちゃたまんない。一番腹が立つのは、さも「カネ目当て」のように書かれていることだよ。そのオネエチャンはホテル業界のスーパーバイザーとして活躍して、ビックリするような大金が動く契約を取ってきたりした人間だ。オイラのカネなんて、その人にとっちゃ眼中にないと思うね。

それなのに『週刊新潮』は「愛人に洗脳されている」と書いた。オイラはつい最近も新潮社から小説の『アナログ』と新書の『バカ論』を出している。それぞれ10万部以上を売り上げてもいる。それなのに何なんだという思いは正直あった。だから自分のけじめとして『新潮45』に出るのは止めた。

新潮社の担当者に、週刊誌の取材や記事について文句を言ったら、「社内でも週刊誌の方針には口出しできない」と言っていた。もちろんオイラも、編集権の独立っていうのは理解している。だけど一方じゃ、『新潮45』の論調に社長が見解を出して、すぐに休刊にしちまった。こんな二枚舌はないだろう。ジャーナリズムを名乗るなら、どんなときでもスジは通してほしいもんだ。

メディアと同時に潰れるのは二流。一流は自分の芸を媒体に最適化させる。

笑いの本質は小学校の教室にある

既存のメディアはドンドンダメになっている。だけど、今後残っていくのはネットだけなのかというと、オイラはそれも違うだろうと考えている。結局、生き残るのに大事なのはネットだとかテレビだとかという「箱」の問題じゃなくて、どんな媒体であろうが、客の心を動かせる「核」を持っているかどうかにかかっている。

つまり大事なのは、メディアという箱が変わったからといって、「笑い」や「エンターテインメント」の本質が変わるわけじゃないってことでさ。要は「客が見たいと思うのは何か」ってことに尽きるんだよ。

オイラはガキの頃から人を笑わすのが得意だったけど、別にツービートの時も、この歳になっても「自分の笑いの本質」ってのは変わってないと思う。小学校の頃には担任の先生のマネとか「クラスでウケること」をやってたし、浅草のストリップ劇場でやってた頃には、その客層に合わせてネタを選んでいた。「昼に酒飲んで女の裸を見にきているオッサンの目を止めさせるにはどうすりゃいいか」っていつも頭をひねってたよ。

漫才ブームの時は、「全国に向けてやるには」「テレビの短い尺でウケるには」って、その頃の時代の空気も考えてた。そりゃ、今の空気とはまったく違うし、時代によって、メディアによって、ドンドン表現方法ってのは変わってくるんだよ。

テレビじゃ「テレビの客」に合わせたものを作らなきゃいけないし、「雑誌の客」には雑誌らしいやり方がある。ネットにだってそうなんだよな。

大事なのは「メディアによって自分の在り方を変える」のじゃなくて、「自分を最大限に表現するにはメディアをどう活かすか」ってことでさ。自分と客をいかに客観的に見られるかが、娯楽についてもとにかく重要なんだよ。それを忘れて右往左往しちゃダメだね。

安倍政権の不祥事じゃ驚かない。これは「ビートたけし方式」かもしれない。

なぜ不安だらけの安倍政権が磐石か

先が見えなくて不安という意味じゃや、政治の世界もずいぶんと老いてきている。

9月の自民党総裁選じゃ安倍（晋三）首相が石破（茂）さんに勝って三選を決めたけど、波乱が起きる雰囲気なんてまるでなかった。

新しい内閣の面々を見ても、過去に問題を起こした政治家がジャンジャン入閣してさ。もう派閥のバランスと、安倍さんの覚えのめでたさだけで生まれた〝新・お友達内閣〟なのに、特に批判の声も聞こえてこない。国民はみんなあきらめちまってるんだろうね。

安倍さんは、モリカケ問題やら色々ヤバイ案件を抱えてたのに、のらりくらりと切り抜けたことでかえって磐石になった感じがあるよな。これだけ続々スキャンダルが出てくると、世間のほうも感覚が麻痺しちまってさ。今後、少々のことがあっても「まァ、安倍政権なんてそんなもんだろ」ってお目こぼしになる気がするんだよな。これって、政治版「ビートたけし方式」じゃないか。

ジャニーズの若手タレントのセクハラや、好感度の高い俳優の不倫はダメージになるけど、オイラがやったって「たけしなんで別に驚かないよ」ってなるわけでさ。安倍さんもこれと同じゾーンに突入しちゃった気がするね。まァ、それがニッポンにとっていいこととはとても思えないけどな。

野党は「不倫自由化」を掲げるしかない

もう、自民党から政権奪取できそうな野党なんてどこにもない。もう民主党も立憲民主だか国民民主だかわけがわかんないし、希望の党も、維新の会も誰がいるのかよくわからない。東京都知事の小池百合子が「都民ファースト」なんて言ってたのも今は昔だよな。

都民ファーストのファーストってのは「一番」の「FIRST」じゃなくて、ファストフードの「FAST」だったんじゃないか。お手軽なだけがウリで、使ってる材料は安物ばかり。とにかく薄っぺらで画一的な味というね。

だけど、もしかしたら山尾志桜里が党首になって「不倫新党」を立ち上げりゃ、脈があるかもしれないぜ。マニフェストは一本勝負、「不倫完全自由化」だよ。ニッポンの既婚者の3割は、不倫経験があるなんてデータもあるんでさ。こりゃ、妻や夫の目を盗んでコッソリ投票するヤツがジャンジャン出てくるんじゃないかってさ。

党のメンバーは、愛人相手に「重婚ウェディング」をやってた中川俊直が幹事長、メンバーは新幹線で当時の神戸市議と「手つなぎうたた寝」を撮られた元SPEEDの今井絵理子が政調会長。ちょっと心許ないか？　でも応援演説は豪華だぜ。「オネエチャン遊びのプロ」のオイラはもちろんのこと、雨上がり決死隊の〝オフホワイト〟宮迫博之、俳優の渡辺謙、ベッキーと有名人がズラリ並んでさ。しまいにゃなぜか、樹木希林さんと別居歴ウン十年だった内田裕也さんが「パワー・トゥー・ザ・ピーポー！」と歌い始めるというオチなんだよ。

小泉進次郎には盲点がある。「人気は未来永劫」と勘違いしていることだ。

「勝負の時期」を逃すとジリ貧

大人気だったはずなのに、総裁選ですっかり男を下げたのが小泉進次郎だ。安倍支持か、石破支持か、立場を明確にするのを延々と避けて、投票10分前に石破支持を表明したんだよな。最初からこれまでの石破支持を通せば党内で冷や飯を食わされる可能性があるし、早々に覆せば「安倍に転んだ」と叩かれる。だから「二股をかけた」と批判されたんだけどさ。で、態度をなかなか示さなかった理由を会見で聞かれて、うっかり「ネクストバッターズサークル」と口を滑らせちゃった。〝次の打順を待っている〟という意味で、これも自民党内で総スカンでさ。将来の総裁の座は遠ざかったって見方もあるみたいだぜ。オヤジで元首相の小泉純一郎さんは「ここぞ」というタイミングで仕掛けるタイプだったけど、もしかしたら息子のほうには大した勝負勘はないかもしれないな。

おそらく進次郎は「この人気を維持していれば、リスクを冒さなくてもいずれ首相になれる」と踏んだんだろう。まァ、そう上手くいけばいいけど、「静かにしておけば人気は維持できる」というのは大きな勘違いなんだよな。

タレントでも政治でも、人気商売ってものの基本的な考えは「新鮮さが薄れるほど人気は落ちる」ってことだ。勢いがあって、世間の注目が集まっているうちに「次の手」を打っておかないと、世間はドンドン飽きていってしまうんだよ。人生、ひとつの仕事を長くやっていても「チャンス」というのはそう何度も来るもんじゃない。「ここだ！」というタイミングで勝負に出ないと、ドンドンとジリ貧になっていくもんだよ。

進次郎は今でも人気者だし演説やらも同世代じゃバツグンに上手そうだからね。もちろん今でもアドバンテージはあるだろうけど、今後はそういう「流れ」を見定められるかが大事だよな。もしかしたら、人気の頂点は過ぎているのかもしれないということを含めてね。その見極めをしくじると、後から来たトンビに油揚げをかっさらわれちまう、ってことになりかねないぜ。

民主主義はバカのためのもの

まァ、マジメに話せば、オイラは国会議員なんてモノに期待すること自体バカバカしいと思い始めてる。進次郎なんてまだマシなほうで、世襲で議員になったヤツは不倫相手と結婚式を挙げるようなバカばかりだし、世襲じゃなくてもロクなのがいない。そもそも自分から「国会議員になりたい」って手を挙げるヤツなんて勘違いヤローばかりだよ。中学とか高校の時、自分から生徒会長に立候補するのがいたけど、そういうヤツラって大体図々しいし、学校のみんなからは鼻で笑われてた。今の国会議員もその延長なんだよな。

まァ、トランプを大統領に選んだアメリカじゃないけど、人間はそろそろ「民主主義」の限界に気がつくべきじゃないかってさ。極端な言い方をすれば、民主主義っていうのは「1%の賢いヤツが99%のバカのために犠牲になる社会」ってことなんじゃないの。みんなで投票して決めた結果が、必ずしも素晴らしいとは限らないってことだよな。

高等教育無償化も奨学金も愚の骨頂。バカを量産するために使っていい税金はない。

オイラの税金をバカ学生に渡すな

余裕で三選、首相在任期間の記録更新間違いなしの安倍政権だけど、進んでる政策のほうは「大丈夫か?」と言いたくなるものばかりだ。

そんな中でも一番ふざけてるのが、政府・与党が検討しているという「高等教育の無償化」って話だよ。細かい要件や対象世帯なんかはこれから決めていくらしいけど、要は大学や専門学校なんかの学費を税金で賄ってやろうってことでね。

これは間違いなく、実現したら「世紀の愚策」になるぜ。もしどんな大学に行く学生でも学費を無償化するとしたら、税金でバカを量産してるようなもんだ。社会に出ても使い物にならない大甘なヤローばかりがドンドン出てくるに決まってるんだからね。

大学までヒョイヒョイと行かせてもらったところで、社会に出る時は甘くない。就職活動で連戦連敗したり、そこでいきなり現実社会の厳しさとカネを稼ぐ辛さを突きつけられて、それまで大した挫折も経験しなかったヤツはすぐ逃げ出しちまう。

きっと高校教育無償化が実現したら、家に引きこもってゲームとネットの書き込みばかりしてるようなのが今より増えちまうんじゃないか。

オイラなんて、稼いだ半分を税金で持っていかれちまうんだからね。自分のカネがバカ量産に使われるなんて、はらわたが煮えくり返っちまうよ。

大学は名前がデカくなるほど怪しい

それとセットの問題として考えるべきなのが、最近多い「奨学金破産」だよな。この頃じゃ、奨学金をもらって大学に通った学生が、卒業してもそのカネを返せずに延滞しちまってるケースが増えているらしい。

景気が悪くて就職できない学生が増えたからってことになってるけど、本当にそうか？

本来なら大学に行くべきじゃないヤツまで大学に進んでて、バカ大学が潰れないように国がガンガン奨学金を出してるってのが真相だと思うけどね。オイラが育った時代、下町じゃ大学に行くのは特別なことだったけど、今じゃ猫も杓子も行くようになった。

大学も多すぎるんだよ。ニッポンじゃ一番良い大学には東京大学とか京都大学みたいな狭い地域の名前が付けられているけど、田舎にある○○国際大学とか、○○グローバル学科とか、名前が〝デカくなる〟ほど教えてることがあやふやだったりするんだよな。

奨学金ってのはオイシイ制度なんだよ。結局カネを借りるのは学生なんで、大学はジャンジャン借りさせりゃ、取りっぱぐれがない。

こんなアコギな商売は昔からあってさ。ヤミの金貸し屋の取り立て手口なんだけど、ソイツラは「あの電器屋でテレビを買ってこい」って命令して、30万円くらいのテレビをローンで買わせるんだよ。それで買ってきたら、「はい、じゃあそのテレビと交換ね」って、20万円くらいの借金をチャラにしてやるわけ。金貸し屋は、テレビを定価よりちょっと安く転売して5万円くらい儲けて、その後の取り立ては電器屋に肩代わりさせるってやり方でさ。

奨学金問題も、なんだかそれと似たようなもんだよな。

今の若いヤツラは、「大学に行く意味」をもう1回考えたほうがいいね。〝みんな行ってるから〟ってだけの理由で4年間通っても、大学はガキを一人前にしてくれやしない。

オイラは目的もなくバカ大学に通ってるヤツより、中卒の16歳でもきちんと働いて税金を納めてるヤツのほうがよっぽど偉いと思うね。大学に入らなくたって「一流」と呼ばれる仕事人はたくさんいる。若いヤツラは「就職できない」ってボヤくけど、そういう職人たちの募集にはなかなか人が集まらないっていうぜ。今の大学は、そういう厳しい現実から目を背けて、ちょっとボーッとしていようっていう休憩所みたいな存在になっちまってるんだよな。

だから、たとえ高等教育無償化になったって、まるで状況は好転しない。国が肩代わりしてくれるカネの重みなんて、お気楽学生にわかるはずがない。さらに言えば、こんな政策にカネを注ぎ込もうという政治家もカネの重みがわかっちゃいない。どう考えたって、そんなカネがあるなら保育園の数を揃えるほうが先決だよ。

「18歳成人引き下げ」もまるで意味はない。それより「成人式取りやめ」のほうがよっぽど効果的だ。

「一線を越えていない」と憲法9条はソックリ

大学の話が出たから言うけれど、「18歳から成人」って新しい法律もまるで意味がないと思う。こないだ選挙権が20歳から18歳に引き下げられたと思ったら、18歳成人法案も国会で可決されてさ。2022年4月から施行されるらしいんだけどね。

だけど、「じゃあ18歳から酒もたばこもOKなのか」と思ったら、こっちはこれまで通り20歳からだって言うんだよな。そんなの意味あるのか？　そこらへんの大学生は、新歓コンパやらで未成年でも平気で酒を飲んでいるのに、矛盾だらけじゃないかってさ。

結局、ニッポン人の法律ってのはなんでも曖昧にしておくのが基本なんだよね。ソープランドで本番やってることなんてみんな知ってるけど、「売春は違法だ～」なんて正面切って批判するヤツはいない。憲法9条じゃ、軍隊は持たないってことになっているのに、実際は世界でも有数の軍事力がある。いざとなりゃ核兵器を作れる技術力だってあるのに、建前上は「戦力不保持」と言ってるだけなんだからね。

政治家のスキャンダルの言い訳も一緒だな。参議院議員になってる元SPEEDの今井絵理子が、当時結婚していて妻子があった神戸市議とホテルの同じ部屋に泊まっていたのに「一線は越えていない」と言い訳した。

こんなこと言われたら、「一線」ってのはどこなんだって聞いてみたくなる。アンタの一線は、乳首の上に引いてあるのか、それともパンツの中に引いてあるのかってね。

「私の一線は膣の入り口に引いてありますので、そこまでは達しておりません。素股で我慢して頂きました」

「ギリギリのところまで行きましたが、相手が触っただけで出しちゃって、一線は越えられませんでした」

とか釈明しちゃってさ。あんまり詳しく喋ると、弁解のつもりがリアルなセックスレポートになっちまうというね。

憲法9条の議論も、不倫の「一線は越えていない」も、本音と建前が乖離しているニッポン人の本質を示しているという点では、ほとんど同じなんだよな。

成人式も税金のムダ

18歳成人になったら、成人式はいつやるんだ？　まさか受験シーズンど真ん中の高校生がやるんじゃないだろうな。大学受験直前で、酒も飲ませてもらえないのに成人式を祝うバカはいないだろってね。もし成人式をやっても、翌日から学校で毎日顔を合わせて同窓会ってバカな話になっちまうんでさ。まァ、今まで通りの「20歳で成人式」が無難なんだろうな。ますます「18歳成年」の意味がわからなくなってくるけどね。

最近の成人式の話でバカバカしかったのが、晴れ着レンタル業者の夜逃げだよな。会社の名前が「はれのひ」だってのは笑っちゃったけど、被害者にしたらとんでもない話だよ。何十万円って大金を払ってるのに、成人式で振り袖を着られないんだからさ。「振り込め詐欺」ならぬ「振り袖詐欺」というね。

まァ、成人式の晴れ着姿ってのはオネエチャンたちにとっちゃ大事な思い出だけど、男にとってもなかなかソソるもんなんでね。帯をクルクル回して、襦袢姿のオネエチャンに色々やってみたいって男は多いんでさ。だから、成人式の夜はいつもラブホが満室なんだよ。この日は出張着付けも大忙しらしいね。

まァ、オイラも女の着物に関しちゃ、笑い話があるんでさ。若い頃、夜に狙ってたオネエチャンを引っ張りだそうと電話したら、「親がいるから外出できない」って言うんだよ。その頃のオイラは、今じゃ考えられないくらいのケダモノだからね。「うるせェコノヤロー！　友達の母親が死んだことにして、喪服着て出てこい！」って無理矢理呼びだした。で、その喪服姿のオネエチャンとホテルに入ろうとしたんだけど、受付のオバチャンが怪訝な顔をするんだよ。「こんな日にいいんですか？」なんて言ってさ。

でもやっぱり「帯をクルクル」をやっちゃうんだけど、終わったら喪服が着られなくなっちゃって。しょうがなく着付けのオバチャンを呼んだら、そこでも「このバチ当たりが！」とサンザン怒られてさ。オイラも頭にきて、「ひとり死んだんだから、もうひとり作りに来たんだよ！」なんて言い返しちゃったというね。

話が脱線しまくったな。まァ、でも「はれのひ」騒動のおかげで、「荒れる成人式」みたいなニュースをほとんど見なかったのは助かった。一昔前は暴走族上がりみたいなバカが大騒ぎする映像ばかり流れてたけど、最近じゃだいぶ少なくなったのかもしれないよな。

オイラは成人式なんて税金のムダだと思ってる。昔、成人式のイベントに出たときもヤジは飛ばすわ、物は投げるわで漫才なんかやってられなかったもんな。バカなガキってのは、構ってやるから調子に乗るんだよ。テレビやらが報じて注目してくれると思うから、わざと極端なことをする。マスコミが取り上げなくなりゃ、悪ノリも下火になるよ。

韓国の慰安婦像とか北朝鮮のミサイル問題もこれと一緒だ。ニッポンの政府やメディアがムキになって騒ぐから、やってるほうは「効果がある」とよりエスカレートさせる。

そもそも、ニッポンのメディアが国内のニュースで報じる必要すらない。慰安婦像を建てた人たちの目的は、それによって世間が注目して騒ぎ立ててくれることなんだからさ。だから、ニッポンがシーンとしてると、いくらやっても意味がないということになる。「無視」が一番の特効薬なんだっての。

道徳が正式教科になった。だけど、この国に子供へ道徳を説けるヤツがどれだけいるか。

政治家も官僚も道徳の「反面教師」

「高等教育」だけじゃなく、子供たちへの教育もおかしいことばかりだ。小学校じゃこれまで教科外活動だった「道徳」が正式な教科に〝格上げ〟されたんだろ？　教える内容は「善悪の判断」「誠実」「思いやり」「国や郷土を愛する態度」とかだというんだけどさ。

さすがに国語や算数みたいな5段階評価をやるわけじゃないけど、担任教師が生徒の道徳への取り組みを評価するらしい。２０１９年からは中学でも教科になるんだよな。

だけど、「善悪の判断」とか「誠実さ」なんて、マトモに教えられる教師なんているのかって思うよな。道徳を教科にするのは安倍政権の悲願だったらしいけど、そもそも政治家や官僚に道徳を教えられそうな人間がどれだけいるんだっての。

「ウソをつかない」ってのは道徳的には一番大事なところだと思うけど、森友・加計問題での安倍総理の答弁を見てたら、とても誠実とは思えないんでね。

で、監督官庁の文部科学省でも汚職問題がゾロゾロ出てきたろ。前の前川喜平・事務次官の時には組織的な天下り斡旋があったってことで40人以上が処分されてるし、次の事務次官やらも、私大支援をめぐる接待・汚職事件で辞めてるしさ。

そういえば、前の文部科学大臣の林芳正だって苦しいよな。「公務の合間にセクシーヨガに通ってた」なんて言われちゃ、子供の前でどんな顔して道徳心を諭すんだっての。そういや、こないだ旭日小綬章を頂いたとき、当時の林大臣から手渡されたんだけど、顔を見てると「お、ヨガ大好きなのに太ってる大臣じゃねェか」って笑えてきちゃってさ。あの場でネタにしてやろうかと思ったけど、必死に我慢したね（笑）。

「オッパイ揉ませて」のセクハラ発言で財務次官を辞めた福田（淳一）ってのも悪い見本だよな。受験戦争を常にトップで通過してきた「学校教育のエリート中のエリート」なのに、道徳的にはとんでもないわけでさ。

この国の「偉い人」がみんなやらかしてばかりの中で、学校で「子供たちに道徳心を」なんて言っても、何の説得力もないよ。まァ、「反面教師」としては最高の教材だけどね。

道徳を教えられるのは大谷翔平だけ

もし、今の世の中で「道徳」なんてものを堂々と子供たちに説ける存在がいるとしたら、それはエンゼルスの大谷翔平くらいなんじゃないか。もちろん努力して素晴らしい結果を出しているっていうのが大きいけど、それに加えてすごいのは「品」があるってことだよね。審判や相手の選手にペコリと一礼したり、ファンを気遣ってやったり、ベンチで他の選手みたいにペッとひまわりのタネの殻を吐かずに、コップに出したりさ。

あれだけ活躍したら、普通は調子に乗りそうなもんだけど、大谷にはそういうところがまったくない。親や指導者から言われてきたことを淡々とこなしてる感じがするんだよな。

そういうところが、まるで文化が違うはずのアメリカでも「コイツ、可愛いな」って受け入れられてるわけでさ。キレイゴトばっかりの道徳心より、こういう佇まいを身につけさせるほうがよっぽど大事なんじゃないかって思うけどね。

まァ、もしこれから学校で教えるべき〝道徳〟がひとつだけあるとすれば、「世の中や教師を信用しない」ってことなんじゃないか。こないだノーベル医学生理学賞を受賞した本庶佑さんも言ってたけど、「教科書を信じるな」ってのもまさにこれと通じることでね。

日大アメフト部の問題だって、まさにそうだろ。嫌々でやったとしても、監督やコーチの命令を受け入れちまったから、選手は傷害罪にまで発展しそうな事件を起こしちまった。酷な話ではあるけど、もっと「大人を疑うこと」ができてれば、こんな事態にはならなかったんじゃないかってさ。この問題の悩ましいところは、今回もし選手が反発してたらそのまま干されただけで、日大アメフト部のどうしようもないところは表に出なかったってことだよ。もしかしたら、後になってもっと大変な事件を起こしちまったかもしれないぜ。

大人が子供のために考えた道徳なんて、「都合のいい子供」を育てるための道具みたいなもんで、子供を育てるために必要なのは、道徳の授業なんかじゃなくて周りの環境だ。

上から押しつけたルールを守らせるんじゃなくて「自分で考えて動くことができる子供」を育てるほうがよっぽど大事なんだよ。

道徳やら愛国心やらの一方で進むエロ規制。「少子化対策」と矛盾してるだろ。

ネットはなぜ無法地帯なのか

この本が出る頃は、正月特番の事前収録真っ盛りだ。おかげで、今年の正月仕事もなかなかたくさんあって大忙しだ。だけど正月特番も昔に比べりゃ窮屈になってきたよ。オイラが大好きな毒舌の社会風刺をテレビ局は嫌がるし、お色気番組も絶滅状態だよ。昔の大晦日なんて、「紅白歌合戦をブッ飛ばせ」って勢いで、1000人くらいオネエチャンを集めてひたすら野球拳をやる企画もあった。その頃はフジテレビも今よりゼンゼン勢いがあって、オネエチャンがお互いのアソコの毛で綱引きをやるおバカ企画を生放送したりしてたもんだよ。

オイラがやってた深夜の生放送でも、AV女優に「ノーパンかるた取り」って企画をやらせてたんだけどさ。こっちもクレーム電話の嵐だったね。

もう規制、規制で、やる気がなくなっちまうよね。テレビだけじゃなく、出版・雑誌の世界もそうなんだろ？　最近じゃ、コンビニも「子供や女性の目に入るから」って配慮で、本棚にエロ本（成人向け雑誌）を並べないようにしてるらしいけどさ。だけど、「危なっかしいものは排除する」って論理はけっこう危険でさ。世の中にドンドン余裕がなくなってる気がするんだよな。

結局そういう風に表向きだけキレイに取り繕ったって、PTAが気にするような〝汚いモノ〟は見えないところに隠れちまうだけだからね。

たとえばインターネットだよ。ちょっと検索するだけでテレビや雑誌じゃとても見られないようなコーマンモロ出しの無修正画像や動画が溢れてて、ガキだって簡単に見られるようになってるじゃないかってさ。お上はテレビやら雑誌をどうこう言うんなら、こっちもどうにかするのが当たり前だろっての。

人間はわいせつから生まれるのか

オイラの「ゲスの勘ぐり」だけど、昔からあるメディアには規制がガンガンかかるけど、ネットとか新しいメディアの縛りがゆるやかだっていうのには、絶対に理由があるんじゃないか。もし今ネットに強い規制をかけちゃうと、そこで儲けてる財界人とかで、困るヤツがジャンジャン出てくるんだよな。で、政府の偉い人たちも〝お仲間〟としてつるんでるから、強く出られないんじゃないかっていう説でさ。

今やスマホやネットから得られる利益ってのは莫大で、賢い一部の〝胴元〟みたいな人たちが、庶民のカネをドンドン吸い上げてるわけだよ。エロも庶民をネットに引き寄せる大きな理由のひとつだから、あんまりギュウギュウに取り締まるのは得策じゃないって考えてるんじゃないかってさ。

それにそもそもの話だけど、「わいせつ」とか言うけれど、オイラたちはみんなそういう「わいせつ行為」の末に生まれてきてるんじゃねェかよ。オイラたちはモザイクかけなきゃいけない下品な場所からこの世に出てきてるんじゃないかって話でさ。

政治家も「少子化対策は急務」とか言っておいて、片方じゃセックスを「わいせつ」と咎めるのはナンセンスだろっての。ゾロゾロ湧いてきた不倫政治家たちの言い訳じゃないけど、「一線を越えてません」じゃ決してガキは生まれないんだからさ。

安倍首相は増税で搾り取ったカネで教育無償化を進めるなんて言ってるけど、そんなのバカなガキを生むだけだよ。どうせ税金取るんなら「セックスレス税」のほうがよっぽど効果的なんじゃないか。

ニッポンのスポーツ・教育の現場で「パワハラ」が止まないのは、子供たちを舐めているからだ。

パワハラはあらゆる組織にある

これもニッポン社会の老化症状のひとつかもしれない。

スポーツや教育の現場で、「パワハラ」や、その温床となる「既得権益」の存在がドンドン明らかになってきている。

日大アメフト部の選手が監督やコーチの指示で悪質タックルをしたのは、そこに「指導者たちには逆らえない」と思わせるだけの権力構造があったからだろう。

強烈なキャラクターで有名になった日本ボクシング連盟の山根明元会長も、それだけの力を持っていたと言われている。日本体操協会でも、塚原千恵子女子強化本部長、「月面宙返り」で有名な塚原光男副会長の夫婦が18歳の女子選手からパワハラを告発された。コーチがビンタしてる動画はかなりのもんだったけど、選手のほうは手を挙げたコーチではなく、歪な権力構造のほうを問題にしたわけだ。

まァ、こういう類の理不尽は、別にスポーツ界に限ったことじゃない。オイラが若い頃出た漫才の賞レースなんかも不可解な判定だらけだった。いくら客にウケていても、「ツービートのネタは下品」「正統派じゃない」なんて納得いかない理由で落とされる。しまいには「ツービートは努力していない」なんてことを言う審査員もいた。オイラたちが裏でしてきた準備を知りもしないくせに、よくもそんなバカなことを言えたもんだ。ニッポンの社会には、結果や実力がすべて、なんて言えない状況があるのは間違いない。

指導に必要な「客前」の意識

指導者と選手の話に戻すと、こういう話は結局のところ「それは教育なのか、暴力なのか」ってところがポイントになる。ちょっと前に、音楽の世界でもジャズトランペッターの日野皓正がコンサート中にドラムを演奏していた男子中学生の髪をつかんで往復ビンタをして騒動になったよな。「熱心に教えていたから」って考えもあるけど、世間は大騒ぎで反応は分かれた。

オイラはこれまで、ことあるごとに「子供なんて殴りゃいいんだ」って言ってきた。「子供もひとりの人間なんだから、人格を尊重しましょう。叱る時は優しく、諭すようにして」

なんて言うヤツがいるけど、そんなバカな話はない。無責任極まりないぜ。そんな甘いやり方で解決するなら、世の中の親たちは教育で悩んだりしねェよ。

話せばわかる利口な子供も中にはいるんだろうけど、話したってわからないガキが多いのが現実だ。

親なら、話してわからない子供を殴ったっていい。それを「殴っちゃいけない」「話せばわかる」なんて言っているから、子供はいつまで経っても理解しないし、しまいには親や周りの大人を舐め始める。

子供は、どこかでガツンとやってやらないとトコトンつけあがる生き物だ。この世には、自分の思い通りにならない恐ろしい存在があるということを、子供のうちから身に染みて覚えさせなきゃいけない。それは親、特に父親の役割だ。世間ってのは親のゲンコツより何倍も残酷なんだからさ。

こんな風に話すと、「じゃあ日野皓正に賛成なのか」と思われちまう。そうじゃねェよ。ニュースであのビンタ映像を見たけど、オイラは正直「世界的ジャズマンもヤキが回ったな」と思ったね。

重要なのは、あの一件が「客の前」で起こったっていうことだ。コンサートは世田谷区の教育委員会主催で「教育の一環」と言ったって、観客は入場料を払ってる。つまり「エンターテインメントとしてのジャズ」を観に来てるんだよ。それなのに、ステージ上で中学生相手にブチ切れてビンタしちまうんだから、まるでセンスがないんだよな。

ジャズの醍醐味ってのは、「臨機応変な即興」だ。実績あるジャズマンの日野皓正なら「教育的指導」を「ショー」にできたはずだと思うんだよ。

日野さんが中学生からスティックを奪って、自分でドラムを叩いてみせるとかさ。自分のトランペットを持ち込んでステージに上がって、ドラムの暴走をストップさせるくらいの迫力で演奏をやっちまうとかね。そしたら客席も変な雰囲気にならずに「日野皓正の演奏が聴けた！」って盛り上がったはずだよ。

スポーツやら音楽じゃ、シビアな訓練の現場で厳しい指導があったり、ちょっと手が出たりっていうのは日常茶飯事だろう。でも客にとっちゃ「そんなの楽屋でやってくれ」って話でさ。料理人の世界でも、親方から弟子には厳しい指導があるはずだよ。でもそれを客が食ってる前でやられちゃ、せっかくのメシがまずくなる。それと同じなんだよな。

オイラたち芸人にも通じるところがあるけど、ジャズマンってのは、そういう即興の現場で上手く仕上げるプロだ。それがこんな笑えない結果になっちゃったわけだから「ヤキが回った」ってことなんだよな。

報道じゃ、中学生も日野さんの指導には感謝してるし反省してるってことらしい。日野さんも記者会見で、この中学生のことを「息子同然」だって言ってた。

だったらなおのこと、叱るのはステージを降りてからやれば良かったんだよな。だけど、日野さんにはそういう「客前のエンターテインメント」という意識が欠けていた。だからオオゴトになっちまったんだよ。

子供は「シゴキの本質」を見極める

まァ、オイラの個人的な意見は「体罰はアリ」なんだけど、今の教育現場じゃ御法度だ。親ならともかく、教師が生徒を殴るわけにはいかないってのが現実だろう。それに、よく考えなきゃいけないのは、体罰というのは大人の気持ち次第で「単なる暴力」や「ただの腹いせ」になりかねないってことなんだよな。

何年か前に、名門高校の運動部の生徒が教師から40発以上殴られて自殺したことがニュースになった。そんなのは明らかに許される話じゃない。「暴行罪」と言われたってしかたがない。亡くなった生徒は本当に逃げ場がなかったんだろう。こんなもんは「教育」じゃない。教師や指導者のゲンコツが、教育のためなのか、それとも単なる暴力なのか。それを本質的に見極める能力を、子供たちは持ってる。自分がガキの頃を思い返しても、そうだと思うね。

殴られたってまた会いたいと思える先生もいれば、二度と会いたくない先生もいる。それって、その先生の本質を本能的に見抜いているからだと思うんだよ。

オイラの話なんだけど、こないだ小学生時代の先生とメシを食った。足立区の梅島第一小学校ってトコで、2年生から6年生まで担任だった藤崎先生っていう人なんだけどね。確か短大を出てすぐオイラたちの担任になって、当時はハタチそこそこでさ。オイラたちとは10歳ちょっとぐらいしか違わないんだけど、ムチャクチャ怖かった。「たけし、次やったらタダじゃおかねえぞ」なんて言われて、ビクビクしてたもんだよ。いつもボコボコにされてばかりだった（笑）。

クラス対抗の水泳大会に負けただけで、みんなで机の上に腹ばいになってクロールの練習をしたこともあったよ。国語や算数の授業なんてそっちのけでさ。

徒競走かリレーだかでウチのクラスが負けた時も怖かったぜ。「お前らずっと走ってろ」なんて言われて、死ぬほど練習させられた。今じゃあり得ないスパルタだったんだけど、そのおかげでウチのクラスは足立区の大会で優勝しちゃったんだよな。先生との思い出は色々楽しくてさ。だから70代になった今でも、「先生に会いたい」って思えるんじゃないか。

一方で、別のある先生にやられたことは今でも苦い思い出としてずっと覚えてる。それは殴られたり蹴られたりしたわけじゃなくて、「精神的な嫌がらせ」だった。

授業中、みんなを順番で指して答えさせているのにわざとオイラだけ飛ばしたり、露骨に無視したりする先生がいたんだよな。そのことは「フザけんじゃねェ」ってよく覚えてる。「子供を傷つけよう」って気持ちがある行為はなにも体罰だけじゃなくてさ。精神的に追い詰めるほうがよっぽど厳しいってこともあるんだよ。体罰を肯定・否定する前に、まずその辺を見極めなきゃいけない。

たけし軍団とオイラ

そういうオイラも、昔はたけし軍団の弟子たちにけっこうプレッシャーをかけてたんじゃないかって？　そりゃ否定はしないけど、まァ、アイツラは身内みたいなもんなんで、そういう「先生と生徒」みたいな関係じゃないんだよな。『スーパーJOCKY』や『お笑いウルトラクイズ』（日本テレビ系）じゃ、アイツラを追い込むことがエンターテインメントになってた面もあるしね。

オイラが軍団に徹底したのは、「イジられ役をとにかく引き立てろ」ってこと。その点は（ガダルカナル・）タカやらもみんな心得てるから、ダチョウ倶楽部や松村邦洋なんかもみんな軍団にオイシイ状況を作ってもらって世に出たんだよな。ダチョウの「聞いてないよォ！」なんてネタも元々そこから出てきたもんだしね。軍団のヤツラが偉いのは、そのスタンスをずっと守ったことだよ。

だけど、時々そういうサポートに気がつかないバカなタレントがいてさ。そういう時は怒ったね。「おい、ウチの若いのはお前のために全部犠牲になってやってるんだ。調子に乗るんじゃねェぞ」ってさ。まァ、エンターテインメントってのはそれぐらいシビアに場を感じてなきゃダメなんだよ。

まァ、パワハラが指摘されてる業界のトップは、自分たちが置かれてる状況をよく考えたほうがいいだろうな。特にマイナーなジャンルは、子供たちに「楽しい」と思ってもらって裾野を拡げなきゃいけないのに、「言うこと聞かなきゃ締め出しやビンタ」じゃ、逆効果だろう。

炎天下で投げ続けた金足農業・吉田を褒め称えるのは「ハラスメント」じゃないか？

「判官贔屓」と「劣悪環境」を一緒にするな

これだけパワハラや体罰が社会問題になっているのに、判官贔屓が大好きなニッポンじゃなぜか美談になってしまうのが、高校野球でのピッチャー酷使問題だ。

今年は、夏の甲子園で準優勝した秋田・金足農業のエースの吉田輝星が話題の中心だった。「桑田2世」って呼ばれるくらい、いいピッチャーなんだってね。日ハムにドラフト1位で指名されたけど、地方の公立高校がエリート私立をバッタバッタなぎ倒すっていうのは、ニッポン人がいかにも好きそうなストーリーだよ。

吉田は、秋田大会から甲子園決勝まで1517球も投げたらしい。「猛暑の中ひとりで投げ抜いた」って美談になっているけど、本当にそれでいいのかよ。

そもそも、こんな炎天下の野外で野球をやるのも、過密日程で肩を酷使するのも、まったく理にかなっちゃいない。一刻も早く対策を取らなきゃいけないはずなのに、吉田の力投で、「やっぱり高校野球は感動するな～」「夏の風物詩だよな～」とかわけわかんない理由でウヤムヤになっちまう。

だいたい、ニッポン人はいつもそうだよ。「いつかヤバいことになるんじゃないか」と心配する割に、実際に大災害が起きてからじゃないと動き出さない。甲子園もきっと、熱中症で死者が出たり、試合中に疲労骨折で腕が折れる投手が出たりしないことには変わらないんじゃないかってさ。でもそれって、球児たちを危険に晒し続けてるってことだよな。

高校生にとっちゃ甲子園は夢の舞台で、「ここで壊れても構わない」くらいのつもりでやってるんだろう。だからこそ、球児から多少の不満が出たって、酷使にストップをかけたり、環境を整えるのが大人の役目だよ。

「プロ野球選手に甲子園球児と同じことをさせるのか」って考えると、高校野球のおかしさがよくわかるよな。プロのピッチャーなんて、1試合100球ちょっと投げたら4〜5日休ませるのに、高校野球じゃ連日ひとりのピッチャーが150球とか投げ続けるんだからね。新聞社が主催だから汚い話が出ないってだけで、批判されて当然だと思うけどね。

だいたい、松坂大輔にしたって、田中マー君やダルビッシュ有にしたって、メジャーでこれからって時に故障してる。本人たちはそうは言わないとしても、高校時代の酷使の影響はあると思うぜ。そういうのも、高校野球に関わる大人たちは見て見ぬフリ。球児たちが「ゆるやかな破滅」に向かってるのに薄々気づいていながら、大した対策をとっちゃいないんだからね。

高校野球の指導者にも「甲子園に出たい」「勝ちたい」って欲はあるんで難しいけど、そこを何とかするのが「ルールを作る側」の責任なんだよ。その辺、本気で考えないと「あの○○選手が死んだ年からルールが変わった」みたいなことになっちまうぞ。

「クーラーがない小学校」がまかり通る理由

オイラみたいな高校野球批判をやると、決まって「伝統を何だと思ってるんだ」とか

「強い日差しの中で頑張る球児の姿が美しいんだ」とか反論するヤツがいるんだよな。だけど、ニッポン人はそういう「間違った美学」を勝手に作るから、痛い目みるんだよ。昔の部活動では「練習中は水を飲むな」と言って学生を危険に晒してたわけで、根底には屈折した根性論しかないわけだよな。

ニッポンがこれだけ豊かになっても、いまだクーラーがない小学校があるっていうのもそれと似ているよ。「ガキが冷房に当たってるんじゃねェ」というバカバカしい精神論が大人たちの頭のどこかにあるから、そんなことになっちまう。こっちもこれだけ熱中症で死者が出てからじゃないとまるで対策を取らないんだから、ニッポンはやっぱり何かがおかしいよ。

だけど、気になるのが2年後の「東京五輪」だよ。特にマラソンなんて、こんな暑さじゃ死人が出るぜ。順位を競うどころか、誰もゴールまで辿り着かないんじゃないか。完走さえすれば金メダルという状態になってもおかしくないね。

一応、対応策としてスタート時間を早朝7時にするらしいけど、効果はどうだかね。明らかにヤバイのは予想できてるんだから、世界のトップランナーにぶっつけ本番でマラソンさせちゃダメだよな。オリンピック委員会は、来年の夏にでも本格的なリハーサルをやっとかなきゃ。その辺の市民ランナーをバイトに雇って、走りきれるかどうかチェックするというさ。

「危険すぎるからそれはできない」って言うんなら、そのほうがよっぽど無責任じゃないの。もっと本気でやり方を考えたほうがいいよ。

高齢化の波は芸能界にもやってきている。40過ぎた山口達也がアイドルを演じていたこと自体、「ブラック労働」だ。

死ぬまで偶像、は無理

高齢化社会の煽りを受けて、アイドルにも高齢化の波が押し寄せている。そう感じたのが、ＴＯＫＩＯの山口達也の騒動だ。ＮＨＫの教育番組で共演してた女子高生を自宅に呼びつけて、無理矢理キスをしたってことで無期限謹慎になっちまった。

山口は46歳なんだけど、元々酒癖が悪くて有名だったらしい。そのせいで肝臓を悪くして、１か月病院に入院しながら仕事に行ってたんだって。でも、退院したらすぐ酒を飲んで、オネエチャンを家に呼んじまった。

結局、山口はＴＯＫＩＯを脱退して、事務所からも契約解除ということになった。被害者の女の子の年代ってのは、まさにジャニーズのファン層のど真ん中でね。下手すりゃ商売の根幹が揺らいじゃうんで、厳正に対処するしかなかったんだろうよ。

けど、オネエチャンの件に関しちゃ、オイラは上からモノを言える立場じゃないんでね。漫才ブームで人気絶頂だったのは30代だったけど、その頃は若い女のファンがウジャウジャ寄ってきてた。もちろん、そのオネエチャンたちが未成年かなんて、いちいちチェックしちゃいなかった。もしオイラが今の時代で若くて売れてたら、きっとやらかしてるよ。

まァ、そもそも「46歳でアイドル」ってのに無理があるんだよ。

20代の人気絶頂の時だけならオンナも酒も「今だけは辛抱しろ」って言えるけど、こんな歳までアイドルでいろっていうのは「一生、偶像がバレないようにしろ」って過酷すぎるミッションなんでね。考えようによっちゃ、これほどの〝ブラック労働〟はない。現に酒浸りを隠してた結果が、今回の事件につながっちまった。ストレスもあったんだろうよ。

だけど、今回のマスコミの〝妙な配慮〟も気持ち悪かったな。どこのメディアも、揃いも揃って「山口メンバー」だもんな。示談が成立してて起訴されなそうだから「容疑者」

って呼びにくいってことだったんだろうけど、元ＳＭＡＰの稲垣吾郎や草彅剛が問題を起こしたときにも使われて笑いものにされた表現をまた使ってるんだからさ。ツッコミを入れてほしいのかと勘違いしちゃったよ。どうしても何か〝敬称〟をつけなきゃいけないって言うんなら、いっそのこと「山口組員」って呼んだほうがよっぽど面白かったんじゃないか。

何度か似たようなことを言ってるけど、もしかしたら今の人気者の中で一番アイドルに向いてるのはメジャーリーグで活躍してる大谷翔平だよ。実は品行方正なアスリートなんてあんまりいないんだけど、大谷クンの場合は本当に「野球だけが好き」って感じで、どれだけ活躍しても浮いた噂や悪い話が出てこないんだよな。

昔のプロ野球選手なんて、ヤクザとの付き合いは当たり前だし、大酒飲みも多かった。毎晩みんなで朝までドンチャン騒ぎで、試合中も二日酔いでフラフラなんだけど、「打席に入ったらホームランを打った」なんて豪快な逸話がよくあった。エリート官僚の頂点だった財務次官の福田ってのもひどいセクハラがバレて処分されちゃったけど、どうやら社会的地位があっても「酒とオンナが大好き」なんてヤツはもう〝前時代〟の人間なんだよな。

芸能界のおかしさは、ニッポンのおかしさを反映している。若手も人気者も、みんな「勘違い」している。

「芸能人」は嫌われ者

山口に限らず、「未成年との不祥事」に関しちゃ今や一発アウトって感じだな。オイラにゃ誰だかよくわからないけど、若手人気俳優の小出恵介ってのが17歳のオネエチャンと一緒に酒飲んで、そのうえヤッちゃって、活動休止になったっていう話もあった。

まァ、時代が変わって、法律でそうなってる以上、芸能人は気をつけるしかないよ。オイラの若い頃と、まるで状況が違うもの。

こういうイケイケの若い俳優の話を聞いてると、「とにかくお人好しだな」って思うね。

おそらく、「自分は有名人だから、世間はみんなオレのことを好きだろう、いや好きに違いない」くらいに思ってるのが透けて見える。それは大きな間違いでさ。芸能人なんて、世間に顔が知られてるだけで一般の人たちにとってみりゃ「心の底では腹立たしい存在」に決まってる。人気があって、女にモテて、それでカネまでもらいやがってってね。

そんないけ好かないヤツが一度スキャンダルを起こせば、そりゃ叩くヤツは大勢いるよ。不倫やら、世間に特に迷惑もかけないことで芸能人が寄ってたかって叩かれるのはどうかと思うし、オイラはその風潮にずっと文句を言ってきた。だけど、世間に名前を売って生きてる芸能人は、「自分は世間からいつボコボコにされてもおかしくない憎まれ者だ」って意識を持ってなきゃダメなんだよ。

こんなオイラも、そういうつもりでやってきた。今だってそう思ってる。昔から知ってる信用できる店でしかメシは食わない。馴染みの店でも個室に入って、できるだけ不特定多数に会わないようにしてるんだ。浅草時代や若い頃みたいな自由はもうないんだよな。でも、そうでもしなきゃ怖くてしかたがねェぞってさ。そこまで徹底したって、「たけしは高い店の個室で偉そうにメシ食ってやがる」って話になることは避けられない。そういう世界だよ。食い物ですらそうなのに、「初めて会うヤレそうな女」なんてもっとヤバいに決まってる。それが人気商売ってもんだ。それくらい想像できなきゃバカだよ。

高倉健さんもそういう考えの人で、髪を切るのも、服を買うのも、メシを食うのもいつも同じ店だったらしい。あの人の場合、「俳優・高倉健のイメージを崩さない」っていう、もうひとつの大きな目的もあっただろうけどね。

まァ、芸能人ってのはそれくらい世間の目を意識できなきゃダメなんだよ。

キャディに「上から目線」は下品

オイラはよくゴルフに行くんだけど、絶対キャディに文句をつけない。グリーンを読み間違えたり、キャディの言う通り打ってバンカーや池にハマっちまったりしても絶対にブーブー言わない。で、いつだってチップを渡すからね。

よく他の芸能人の話をキャディから聞くんだよ。

「俳優の○○さんはちょっと調子が悪いとすぐキャディに当たる」とか「タレントの△△さんはマナーが最悪で本当に下品なの」とかね。

ひとりのキャディがそう言ってるってことは、ゴルフ場のキャディ全員がその話を聞いてると思ったほうがいい。で、キャディが家族に話す。その家族が職場や学校で話す。つまり、ひとりのキャディに悪態をついたことはねずみ算式に噂になって、最終的には100人、1000人という単位で広まっていくんだよ。それがいつかヤラかした時に一気に爆発する。そう考えると、人気商売ってのは本当に怖い。「調子に乗る」ってのが命取りになる。

調子に乗ってる若手ってのは、きっと「自分は代わりのいない存在」だと勘違いしてる。だけど今や、芸能界にはそんな存在ほとんどいない。昔の高倉健さんや石原裕次郎さんみたいな不動のスターは、もう絶滅したようなもんだよ。ちょっと前、薬物疑惑だか同性愛をバラされただかで引退した成宮寛貴ってのがいたろ？　誰が今さらアイツの話をしてる？　東南アジアに高飛びしたなんて噂が出てたのも最初の頃だけで、もう誰も話題にしないじゃないかってさ。小出や山口もすでに同じようなことになっちまってるしね。

18歳成人なんて動きとはまるで逆で、今や30代や40代の男すらガキみたいに見えちまう。「高齢化社会」ってのは実は「大人の幼齢化社会」なのかもしれないな。

小室哲哉の「不倫で引退」はナンセンス。芸能人の退き際は「客」が判断するもんだ。

世間は「不倫ネタ」に飽きてきた

話にならないくらい幼稚だと思ったのが、小室哲哉の引退劇だった。くも膜下出血で倒れて以来、介護が必要な嫁さんのKEIKOが実家に帰っている間に、美人の看護師を呼んで家に泊めたりしてたってスキャンダルが『週刊文春』に報じられて、その会見で「騒動のけじめをつけたい」って、自分から引退を宣言しちまったんだよな。

そしたら、それまでは「不倫叩き」一辺倒だった世間の雰囲気が一変してさ。ベッキーやらの時だったら、テレビもスポーツ紙も一緒になって騒いで不倫の当事者を追っかけ回してたのに、小室を擁護する声やら「文春ふざけるな」なんて意見が出てきたんだよな。ネットじゃ「雑誌が天才音楽プロデューサーを殺した」なんて、むしろスクープした文春のほうが批判のターゲットになっちまった。

小室はＫＥＩＫＯの介護に疲れて「看護師に甘えてしまった」と話してて、会見じゃ「男性としての機能がない」とまで告白してた。「介護で大変な思いをしている人をいじめるな」ってことで世間に同情されたという顛末だったけどさ。

まァ、色々な意見はあるだろうけど、オイラに言わせりゃことは単純だよ。結局のところ、世間がもう「不倫ネタ」に飽きちまっただけなんだよな。

そもそもなんで小室の記事だけが批判の対象になるんだって話でね。ベッキーをはじめ、雨上がり決死隊の宮迫とか渡辺謙とか、世間も不倫の当事者をサンザン叩いてきたのに、なんで今回だけは違うんだっての。ずっと一緒になって面白がっておいて、「才能が惜しい」とか後づけのテキトーな理由で「今回だけはけしからん」じゃスジが通らないよ。

実際は、芸能ニュースが不倫ばっかりでマンネリ化してきたから「もういいよ」って、ただそれだけだよ。

カッコつけて文春を批判してるヤツらも、本質は大して変わらないよ。ホリエモン（堀江貴文）やらも「文春は調子に乗ってる」なんて批判してたけど、お前が何言ってるんだってツッコミたくなるね。自分こそメディアを利用して「時代の寵児」みたいなイメージ使って、サンザンやりたい放題やってたクチじゃないかってさ。幼稚園児の恰好して「R－1ぐらんぷり」の予選に出たり、芸人のマネごとしてやがったけど、フザケんじゃないよ。人の話に首突っ込む前に、ライブドア株で大損した株主たちに謝れっての。

芸人は「虚像」

けどさ、会見で引退宣言した小室もカッコ悪いよ。今回の件と本業はまったく関係ない話だろ。「何やかんや理屈つけてるけど、結局は売れなくなっただけだろ」って思われちまうのがオチだぜ。

音楽もオイラみたいなお笑いも同じことだけど、芸事に関わる人間の引退は、自分で決めるもんじゃないんだよ。

決めるのは、あくまで「客」なんだ。自分を求めてくれる人がいるうちは、無理したってやらなきゃいけない。逆に客が「もうコイツはつまらない」って判断したら、自然と仕事はなくなってくる。体が言うこと聞かなくなったらしかたないけど、小室もこんな終わり方じゃもったいないだろ。

オイラなんてこの歳になっても、「いつか飽きられちまうんじゃないか」っていつも次のことを考えてるぜ。来年はNHKの大河ドラマに出て落語もやるし、映画や小説だってまだまだやろうと思ってるわけでさ。

芸人で、まだ売れてるのに自分から引退宣言するヤツなんてほとんどいない。大体は仕事がなくなって辞めざるを得なくなった言い訳だよ。

小室は不倫疑惑が出て、まだ大勢の客が「辞めないでくれ」って言ってくれているうちが華なんでさ。芸事に生きる人間なら、客に対しての責任は芸で取るのがスジだよ。

太田の頭のキレは、漫才を見りゃわかること

まァ、最近の芸能スキャンダルで一番驚いたのは、爆笑問題の太田光が「日大に裏口入学」って週刊誌に書かれちまった件だよな。その記事じゃ「オヤジがそのためにブローカ

ーに800万円支払った」とまで書いてあるんだけど、最後まで読んでもホントかどうかよくわかんないんだよな。

だけど笑っちゃうのは、「太田は高校生になっても割り算もできないバカだった」みたいに書いてあったことだよ。こんなに面白いネタはないんで、テレビ局でアイツの楽屋を通りかかったときに「4÷2、わかるか？」って問題を出してみたんだけどさ。そしたら「3、う〜ん、やっぱり2かな？」なんてボケて返してきた（笑）。

だけど裏口入学については、「そんな話は聞いたこともないし、オヤジも死んじまってる。いい迷惑してますよ」って言ってた。太田の事務所も、この記事を書いた出版社を告訴するってぐらいだから、許せなかったのは間違いないんだろうけどね。まァ、オイラからすりゃどうでもよくて、アイツの頭が切れるかどうかは芸を見りゃわかるだろ。

芸人の評価は、客にウケるかどうかがすべてだよ。たとえスキャンダルが出ようが、それを笑いに変えられりゃ、ソイツの勝ちってこと。まァ、週刊誌もよっぽどネタがないんだろう。

主婦が女の不倫に怒ってるうちは、真の「男女平等」なんて夢のまた夢だ。

女が女の不倫を批判する矛盾

だけどテレビで情報番組をやってて肌で感じるのは、「女の不倫」ってのは、男のそれに比べて反発がダンゼン大きいってことだよな。ベッキーや矢口真里もそうだったし、斉藤由貴とか山尾志桜里もそうだよな。オイラがオネエチャンと遊んだり、ソープに行ったって何の話題にもなりゃしねェけど、旦那のいる女がヨソで男を作ってたとなると、世間は大騒ぎでね。特に同性である女から「許せない」ってギャンギャン批判されちまうんだよな。ベッキーが復帰しようってときにクレームを入れたのは、ほとんどが主婦だったたっていうしさ。テレビのスポンサーにとっちゃ、商品の購買層は主婦やオネエチャンってことが多いんで、「女の反発」に過敏に反応してしまう。だから不倫の当事者は、男に比べてオネエチャンのほうが損をしてしまうというね。

なんで女は「妻の不倫」を許さないのかね？　昔の映画スターやらオイラじゃないけど、かつては夫ばかりが不倫をしてた世の中だったのに、いつの間にか妻が主役の不倫が増えてきてるっていうんだったら、それは「男女平等」で、女にとっちゃ素晴らしい社会が実現されたってことじゃないかと思うけどさ。

結局のところ、女はギャーギャー言ったって、ホントのところで「男女平等」なんて求めちゃいないってオチなんだよな。

皇室の話を芸能スキャンダル扱いするのは、「行きすぎ」だし「下品」だ。

天皇陛下にスマホを向けるバカ

２０１９年、一番のトピックと言えば、天皇陛下が生前退位して、改元が行なわれるって話だろう。

「老い」の問題というのは、天皇陛下にだって避けられない。80歳過ぎての公務ってのは、想像以上に大変なことだったんだろう。

天皇・皇后両陛下は、災害が起きれば必ず現地に入られているし、色々なスポーツの大会や展覧会にも出席されている。「観客席でスポーツや演技を見てるだけなら大して疲れないだろ」って思うのは大間違いだよ。オイラもそうだからわかるけど、普段からいろんな人と接するということは、思った以上にストレスになるものだ。

それに最近は、さらに皇室の方々に負担をかける状況ができている。

秋篠宮家の眞子さまの結婚延期問題なんてひどくてさ。お相手の小室圭さんの母親が、婚約していた男から借金してトラブルになっているとか、そういうのがジャンジャン報じられてるんだよな。で、それを世間のほうも興味本位で面白がっているフシがある。

こういう皇室と国民のミョーな距離感には、ちょっと前から違和感がある。一番腹が立ったのは、天皇・皇后両陛下が被災地を訪問した時のことだ。周りの野次馬が、平気でスマホを向けて写真を撮ってたんだよな。

ソイツラは自分の上司とか目上の人に対して、断りもなしにいきなりスマホを顔に向けて写真を撮るのか？　単に天皇陛下を敬えって話じゃなくて、この頃のニッポン人は相手に対しての敬意とか思いやりとか、そういう当たり前の感覚が麻痺しちまってるような気がする。

最近の報道じゃ、電話で話されたという眞子さまの発言やら、皇室の関係者でもわからないようなプライベートな内容が書かれてたりする。本当かどうかはさておき、それを剥き身で書くのはオイラには理解できないんだよな。

この頃の報道の過熱ぶりは、皇室の話題を軽いゴシップ気分で喜ぶニッポン人の軽薄さの表われだ。

旧態依然の相撲協会には呆れる。でも、貴乃花が改革をできなかったのは当然だ。

なぜ「相撲協会をぶっ壊す」と言えなかったのか

日本相撲協会の様子を見てると、もう組織として末期症状だっていうのがわかる。貴乃花親方を辞めさせるまでのいきさつだって狡猾で、「既得権益を守ろう」って魂胆が透けて見えてた。「相撲は伝統が大事だ」「しきたりを守らないヤツはダメだ」みたいに言いながら、「一門に所属しない親方は認めない」みたいな勝手なルールがドンドンできてさ。

結局は、ドンドン体制側に都合のいいように仕組みを変えてるじゃないかってさ。

相撲協会もおかしいけど、じゃあ貴乃花親方がちゃんとしてるかっていうと、そうとも思えない。なんだか変だよな。

日馬富士に貴ノ岩が殴られたあの暴行事件の内幕をテレビで暴露していたけど、相撲協会を改革するにはあんまりいい手法だとは思えないね。そりゃ守旧派との対立は決定的になっちゃうし、視聴者だって「なんでもっと早く言わなかったんだ」って首を傾げちゃう。協会からの退職だって、あまりに説明不足だしさ。

相撲協会と貴乃花、どっちがいいか悪いかって話はさておいて、今回の一連の騒動で「貴乃花ってのは〝場の空気〟を読めない人なんだな」ってことがよくわかっちゃった。

暴行事件の直後、世の中の雰囲気は貴乃花寄りだったんだよ。あのタイミングで、小泉純一郎みたいに「相撲協会をぶっ壊す!」って宣言したり、田中角栄が「日本列島改造論」でやったように「日本相撲協会改革私案」なんてレポートをドーンと出せば、一気に主導権を握れてたんじゃないか。

それなのにブスッとした顔で現われたり、ダンマリを決め込んだり、チンタラしてるせいで完全にチャンスを逃しちゃってさ。なんだか、「本当に自分の意思で動いてるのか」って思うくらい無表情だし、この「間の悪さ」「空気の読めなさ」じゃ、人の上にはとても立てない。もし改革を果たして協会の理事長に座ることがあったとしても、きっと腹心に造反されちゃうよ。

実際のところ、何がやりたかったのかもまったくわからない。「協会の古い体質が問題だ」とか「伝統を守りながら、時代に合わせて変わらなきゃいけない」とか漠然としたことを言うばっかりで、実際のところ、具体的なことはなにも言ってないんだからさ。

この人が「ガチンコ相撲以外は許さない」って考えなのはよく分かるけど、それ以上のことがまるで見えてこない。これだけ世間に発信するのが下手じゃ、そりゃ他の親方たちもついてこないだろうな。何を考えてるかわからないトップなんて、メーワクでしかないからね。

年間6場所でガチンコなんて無理

まァ、ガチンコで有名な稀勢の里が、横綱になってロクに活躍できてないことでもわかるように、全部本気で相撲取ってたら年間６場所なんて無理なんだよ。１００キロオーバーの男が勢いよくぶつかって土俵から転げ落ちりゃ、ケガするのが当たり前でさ。本場所以外も全国各地で巡業もやってるんで、体を休める暇もないしね。

相撲取りって言えば、昔は「1年を二十日で暮らすいい男」なんて呼ばれてた。春と秋に十番ずつくらい相撲を取れれば、後は飲んで食ってで暮らしていけたということでさ。だけど、今や相当なブラック職場だよ。

ボクシングのチャンピオンなんて、せいぜい年に2〜3試合しかやらないぜ。で、パッキャオやメイウェザーなんてクラスは1試合で100億円以上稼ぐんだからね。メシを食いまくって体壊す力士も多いし、そりゃ割に合わないよ。入門希望者が減るのは道理なんでさ。

協会の幹部が既得権益にしがみつくのも、「現役時代に割を食った分を取り返そう」って気持ちがあるからかもしれないよな。力士をガンガン酷使して、協会で上り詰めたヤツラが甘い汁を吸うという構図なんだと思うぜ。

オイラがずっと言ってきたことだけど、そろそろ大相撲は「スポーツ」なのか「神事」なのかをハッキリさせたほうがいい。

栃ノ心みたいなヨーロッパ出身者とか、モンゴル勢とかが活躍して「相撲も国際化してよかった」って言うなら、インターナショナルスポーツとしてルールを固めなきゃ。カチ上げ、張り手は「ＯＫ」なのか「禁止」なのかを定めて、世界の誰もが納得するルールを作るしかないよ。

そうなると、行司もいらなくなるな。若い衆のオッパイを揉んで処分された式守伊之助みたいなトンチンカンは出る幕なんてなくなるよ。そもそも特定の部屋付きの行司が取組をさばくなんて、他のスポーツじゃ考えられない話なんだからさ。

「それじゃあ伝統が守られない」って言うんなら、昔に戻さなきゃ。本場所の回数を減らして、土俵に上がれるのはニッポン人力士に限るって考え方だってあるぜ。ニッポンの神事なら、それを外国人に任せるってのは大矛盾なんだからさ。

「どっちも無理」って言うなら、公益法人格を取り消して税金をまけてやるのを止めたほうがいい。税制優遇抜きで、「これからは自分たちで興行・ビジネスとして成立させなきゃいけない」となりゃ、きっと協会も今みたいなわけわかんない組織じゃなくなるんじゃないか。

もしエンターテインメント産業として本気で生まれ変わる気があるんなら、いろんな

「新プラン」を考えなきゃな。

まずは「タブーなき注目取組」だよ。今の大相撲は誰がどういう基準で取組を決めてるのかイマイチわからないけど、とにかく「客が見たい対戦」を優先的に披露するんだよ。最初はやっぱり「日馬富士vs貴ノ岩」の因縁対決だよ。引退した日馬富士をモンゴルから呼び寄せてね。この一番では、凶器としてビール瓶とカラオケリモコンを使ってもいいルールにしてさ。

お次もスキャンダル対決で、「立浪親方vs式守伊之助」だよ。「角界のマッケン」の異名をとって週刊誌に不倫疑惑を書かれたイケメン親方とセクハラ騒動で物議を醸した行司の異色対決というさ。

立浪親方の圧勝かと思えば、式守伊之助が「あら男前ね！」とか言って、熱～く抱擁したまま食いついて離れないの（笑）。これはきっと伝説の一番になるぜ。

で、やっぱり結びの一番は「貴乃花vs八角親方」で決まり。貴乃花、北勝海という名横綱2人が改めて理事長の座をかけて勝負すりゃ、懸賞金だってトンデモナイことになるんじゃないかっての！

人間の仕事がAIに奪われるという大ウソ。得するのは、一部の賢い人間だ。

AIで儲かるのは「胴元」

もう人間同士で争ってる場合じゃないって話も出てきてるよな。「AI導入」だよ。3つのメガバンクが合わせて3万3000人以上分の仕事を減らしていくと発表したけど、それはAI化、デジタル化が大きな理由なんだってね。今後、色々な業務がAIに代わっていくというんだけどさ。

これは銀行に限った話じゃないぜ。社会の色々なところで、ドンドン人間の仕事は奪われちまうと思うね。2035年までにニッポンの仕事の49%がAIやロボットに置き換えられるというデータもあるらしい。

だけど「人間はこれからヤバイ」って話は違うんじゃないか。このAI化を進めてるのは、何より「賢い一部の人間」なわけでね。

AI化の問題ってのも、本質的には「格差」なんだよ。賢くってカネを持ってる人間が、「普通のヤツ」に払う金をケチろうと考えた結果が、AI化なんでさ。人間みたいにバカなミスはしねェし、窓口でクレーマーと揉めることもない。機械のほうが人間より安くて便利でよっぽどいいじゃねェかってことでさ。

「東大生の親は年収が高い」って話じゃないけど、これから貧乏人で学がないヤツが出世するのはドンドン難しくなってくるね。AI化ってのはニッポンの二極化を固定する最終兵器みたいなもんなんだよ。それにも気づかずに、最新のスマホを行列して手に入れて「便利だ」「カッコいい」なんて言って喜んでるヤツは、IT企業の経営者やケータイの通信会社に年貢を差し出しているのと同じだよ。

オイラがガキの頃は、「ハングリー精神があるヤツが一流になれる」なんて言われてて、プロ野球選手もそういう貧乏から這い上がった人が多かったけど、今は少数派かもな。清宮幸太郎なんて、両親がスポーツエリートで、自宅に打撃練習場を作ってるような家だからね。東大に行くのもカネ持ち、プロアスリートになるのもカネ持ち、そうじゃなきゃあきらめろって世の中なんだよ。

だから今の若いヤツラは、あえて「高望みしない」って生き方をしているような気がするね。あえて贅沢だったりに「見ないフリ」を決め込むんだよな。

高級寿司やフレンチのフルコースを食わなくたって回転寿司やラーメンで十分幸せとか、高級車やスポーツカーに乗らなくたってレンタカーで十分、とかね。

これは娯楽の話だけじゃなく、仕事でもそうだよ。死ぬほど働いて出世したり、名を成そうとするより、無理せず「等身大の幸せ」のほうがいいというさ。ある意味じゃ賢い生き方だけど、結局「ひとつ上の世界」を最初からあきらめてるんだよな。今や、芸人だってそう。オイラや明石家さんま、タモリを抜いてやろうなんてヤツはほとんど見当たらない。

オイラなんて70代になっても新しいことやりたくてウズウズして、周りに止められてるぐらいなのにさ。もう今から、来年いろんな新企画を始めようと動いてるからね。いつ死ぬかなんてわかりゃしないんで、トコトンやりたいことをやってやるんだっての!

おまけ

2018最旬人物「ヒンシュク大賞」を決めるぜっての!

『週刊ポスト』連載「ビートたけしの『21世紀毒談』」の名物企画が緊急出張!

政財界、芸能界、スポーツ界などあらゆるジャンルからお騒がせ人物のナンバーワンを決める「世界のキタノ」プレゼンツの『ヒンシュク大賞』である。今年も各界から多くの人物がノミネートされている。しかし、これまでとは少し様子が異なるようで——。

さて、空前の大豊作となった2018年の栄冠に輝くのは誰?

——たけし審査委員長、今回は大豊作です！　佐村河内守、ASKA、小保方晴子の2014年や、ベッキーとショーンKが登場した2016年を超える当たり年です！

たけし（以下「」内すべてたけし）「また始めやがったな、コノヤロ～。いつも勝手に審査委員長に祭り上げやがって。毎年自分で言っててイヤになるけど、オイラはニッポンじゃ旭日小綬章、フランスじゃ最高勲章レジオン・ドヌールをもらった『世界のキタノ』なんだっての！　こんな下品な企画をやってるとあっちゃ、世間のファンに顔向けできないよ。最近始めたファッションブランド『キタノブルー』の売り上げが落ちたらどうするんだよ。人の悪口ばっかり言ってると、そのうち『お前のほうがヒンシュクだ！』って言われちまうぜっての」

——ご心配なく、栄えある2018年のノミネート第1号は、自分の事務所「オフィス北野」を辞めるという、前代未聞の事務所独立騒動で世間を騒がせたビートたけしさんです！

「ズコッ（膝から崩れ落ちる）。コノヤロー、どうせこんなことだろうと思ったよ。『ポスト』はオイラをネタにすることしか考えてねェんだから。

でもさ、なんで自分が作った事務所を辞めただけでこんなに騒がれなきゃいけないんだよ。もう、ひどい言われようだよ。たけし軍団はもうボロボロだの、まるで日大だの、リアル『アウトレイジ』だの、サンザン叩かれちゃってさ。余計なお世話だよ！　ノミネートするならオイラじゃなくて元の事務所の社長のほうだろっての！」

――審査委員長が仰る通り、たけし軍団に負けず劣らず世間を騒がせたのが、日大アメフト部による「悪質タックル問題」です。その日大からは田中英寿・理事長、内田正人・前監督、井上奨・前コーチと、なんと3人がエントリー！

「何が負けず劣らずだよ、バカヤロー！　さすがに日大には負けるよ。

この3人、もうヤクザの組長、若頭、鉄砲玉にしか見えなかったよな。ドンドン下っ端に責任転嫁していくとこなんて、まるで『アウトレイジ』だよ。この際、この面々で新作映画を撮っちゃおうか」

――おぉ〜、キャッチコピーは「全員悪人」ならぬ「全員日大」ですね。

「ストーリーは、田中率いる相撲部対内田のアメフト部の仁義なき権力闘争だよ。『アウトレイジ』といえば、登場人物の壮絶な〝死に様〟が見せ場だからね。大男にタックルされての壮絶死とか、『日大バウムクーヘン』を口に突っ込まれての窒息死とか……」

――設定が細かすぎます！　日大以外でもインパクトバツグンの候補者がエントリーしています。日本ボクシング連盟の元会長・山根明さん！

「来た！　お土産は好物のカンロ飴！　だけど、あの人は一体何者なんだ？『暴力団と付き合ってた』って隠すどころか、テレビで自慢気に話しちゃうんだもんな。それにしてもあのキャラクターは反則だよ。日大の3人にしろ、山根会長にしろ、あんな悪役顔、悪役商会だって用意できないぜ。白竜とかと並んだって遜色ない。

山根会長は、日大の田中理事長と仲が良いんだって？　2人が並んだ写真なんて、『その筋の会合』にしか見えないよな。日大の客員教授をしてたって話だけど、学生たちに一体どんな講義をしてたのか聴いてみたいもんだよ」

――2018年は様々なスポーツで「パワハラ告発」が起きました。オリンピックの金メダリストで「国民栄誉賞」を受賞した伊調馨選手へのパワハラで問題となったのが、レスリング界の名伯楽・栄和人さん！

「パワハラ自体もそうだけど、謝罪会見の夜にキャバクラに行ったのがバレちゃったってのがマヌケだったよな～。で、なぜか一緒にいたのが芸人の千原せいじってのは何なんだ（笑）。栄監督には頭を丸めてもう一度出直してほしいよ」

――すでに丸めてます！

「あの頭は使いようで笑いが取れるぜ。たけし軍団入りしてもらって、井手らっきょと〝ハゲ親子漫才〟でもやってもらうか」

――いいかげんにしなさい！　この騒動に関連して、至学館大学の谷岡郁子学長もノミネート。「栄監督にはパワハラするパワーがない」「伊調はそもそも選手なんですか？」というKY発言が火に油を注ぎました。「栄監督のハゲを増すことはできないので、励ませません」という〝ハゲハラ発言〟も大スベリ。

「あの学長、オイラが脚本家の橋田壽賀子だったら、『渡る世間は鬼ばかり』にスカウトするね。昔、あのドラマで泉ピン子をいじめてた小姑の顔にソックリだよ」

――沢田雅美さん！　確かに似てますね（笑）。

「だろ？　あの暴言で吉田沙保里も伊調馨も全部ボコボコに罵って、レスリング界のヒールとして君臨してほしいね」

――谷岡学長以外にも、「奔放すぎる中年女性」が続々ノミネート。貴乃花親方を「礼節に欠ける」と攻撃しまくった日本相撲協会評議員会の池坊保子（元）議長、そしてモリカケ問題の主役だった首相夫人、「アッキー」こと安倍昭恵さん！

「あの池坊ってオバハンは『品格、品格』ってカッコいいこと言いながら、要はただ相撲協会の都合のいいように喋ってるだけじゃねェか。『TVタックル』に出て勝手なことばかり言ってたときは、オイラも珍しく腹が立って〝そんなふざけた話はないぜ！〟って噛みついちまったんだよな。アッキーのほうも、もう天然なんてレベルを超えてるね。〝私はアンドロメダ星雲から来ました〟ってオイラに挨拶した鳩山由紀夫元首相の奥さんと似た雰囲気があるよ。よし、この3人を主演にして、橋田壽賀子に嫁いびりドラマを作ってもらおう。

池坊部屋って相撲部屋に、ド天然の昭恵ちゃんが嫁いできて、先代おかみの池坊と、小姑・郁子にイビられまくるストーリーでさ。昭恵がヘマするたびに池坊は『アンタにおかみとしての品格はないの？』と叱り飛ばすし、郁子は『私の怒りは沸点に達しました。そもそも昭恵さんはおかみさんなんですか？』って追い打ちをかけるというね」

――あの２人にイビられたら、さすがの昭恵さんも持たないでしょ！

「いや、昭恵さんも黙っちゃいないぜ。２人が自分をいじめている姿をフェイスブックにアップして、『女たちの悪だくみ』というタイトルで世間に拡散するんだよ。で、クライマックスはカラオケのリモコンを武器に３人でキャットファイトだよ。主婦たちはきっと『あぁ、腹が立つ！』なんて言いながら、毎週観ちゃうだろうから高視聴率間違いなし！」

――よしなさい！

「サドヶ嶽部屋」vs「マゾヶ嶽部屋」

――賢明な読者はおわかりと思いますが、「リモコン」と言えばあの人！　貴ノ岩暴行事件で角界から引退することになってしまった日馬富士さん！

「この事件に関しては納得いかないことが多いんだよな～。そもそも、なんでフライデー事件でオイラが捕まったのに、日馬富士は書類送検で済んでるんだ？　こういう不祥事が出るたびに、東スポあたりで『たけし軍団入りか？』なんて書かれるのも困っちまうよ」

――なべやかん、そのまんま東、山本モナと不祥事タレントを引き受けた「たけし再生工

場」ですからね。日馬富士はモンゴルで自身が設立した学校の理事長になる予定だそうですが……。

「それもつまんねェな。なんだか日馬富士のニキビ跡でボコボコの顔と、頬の膨らんだ感じを見てると、エロ医事漫談のケーシー高峰さんを思い出しちゃう。なんで、本家のエロ漫談に乗っかって、『ケーシー日馬』には『相撲エロ漫談』をやってほしいね。

『お嬢さん、ぶつかり稽古しない？』

『シコは踏まなくなりましたが、シコシコは毎日です』

『サドヶ嶽部屋とマゾヶ嶽部屋どっちに入りたい？』

『得意技はモロ出しです』

『私、技のデパート。夜の土俵でも。グラッチェ、グラッチェ』

なんちゃってさ。」

――よしなさい！　他にも大相撲からは忘れてはいけない人が。後輩行司（男）の胸を触ったセクハラ事件で辞職した式守伊之助さん！

「それでも、男は好きじゃないって弁解してたんだろ？　男か女かもわからなかったの？

きっと〝差し違え〟が多い行司だったんだろうな。コイツの口説き文句は〝オッパイ揉んでいい？〟だっけ？」

――それは財務次官だった福田淳一さん！　彼と入省同期で、〝忖度答弁〟を繰り返した佐川宣寿・前国税庁長官と仲良くノミネートです。

「東大卒で天下の財務省トップまで上り詰めたのに、〝オッパイ揉んでいい？〟〝縛っていい？〟じゃ、まるで知性がないだろってさ。佐川も西川きよしみたいな顔なのに、まるで誠実じゃないんだよな。２人と同期入省のマドンナが片山さつきだったっていうんだから、輪をかけてどうしようもない。あの人、いつの間にか大臣になってたけど大丈夫なのか？」

――片山さんもスキャンダル続出で緊急ノミネート！　いやぁ、すごい同期たちです。

自転車ニッポン一周「したごころ旅」

――加計学園問題で世間を賑わわせた加計孝太郎・理事長ももちろんノミネート。

「あれだけ逃げ回っていたのに、W杯と大阪地震のドサクサで急に会見を開いたのには呆れたね。やり口が汚いよ。だけどこの件に関しちゃ、新聞・テレビも同罪だよ。大事なことはW杯中でも大々的に報道しなきゃダメだろ。なのに、〝ウケそうな話〟ばかりデカデカと扱っちゃうんだからさ。くそ～、オイラの独立もW杯当日に発表すればよかったな」

――せっかくいいこと言ってたのに、最後の一言で台無しです！　メディアではなく警察から逃げ回った人も世間を賑わわせました。愛媛の松山刑務所（大井造船作業場）から脱走して23日間も逃げ回った受刑者！

「オイラはこのニュースを聞いて、軍団のヤツラに〝警察より早く捕まえてこい。そしたらテレビに引っ張りだこだ！〟ってハッパをかけたんだけど、結局間に合わなかったんだよな～。模範囚で刑期がもうすぐ終わるのに逃げた理由は、〝刑務所内での人間関係〟だって？　刑務所と日大アメフト部、どっちが辛いんだろ？」

――もしかしたら日大のほうが辛いかもしれません……。もうひとり忘れてはいけないのが、大阪府警富田林署から取り調べ中に逃げ出した逃走犯！　すぐに捕まるかと思いきや、こちらは約1か月半も逃亡を続けて大騒動となりました。

「コイツは自転車で『ニッポン一周を目指してます』って看板掲げて、旅人のフリをしてたんだよな。お前は火野正平か！　『にっぽん縦断　こころ旅』ならぬ『脱獄逃亡　したごころ旅』というね」

――NHKに怒られますよ！

林議員の体型が営業妨害

――芸能界からもエントリー。女子高生を自宅に呼んで無理矢理キスし、TOKIOを脱退した山口達也さん！　同じジャニーズでは、NEWSのメンバーも未成年と飲酒トラブルを起こすなど騒動が続いています。

「いや〜、昔は今ほどコンプライアンスにうるさくなくて、オイラは本当に運が良かったよ。そもそも40過ぎて〝男性アイドルでござい〟ってのに無理がある。一生〝清廉潔白な偶像〟であり続けるなんて、土台無理な話なんだからね。だけど、そういう時代の中で芸能人をやってるんだから、自覚がなさ過ぎたね」

――もうひとり、芸能界から大御所がノミネート。7000人の客が待っているのに「客入りが少ない！」とコンサートをドタキャンしてしまった沢田研二さん！

「70代になって、7000人呼べるだけでも大したもんなのに。だけど、普通〝客入りが少ないから中止にした〟ってバラすか？　普通なら、ウソでも〝体調不良〟とかテキトーな別の理由つけそうなもんだけど。だけど、ジュリーも『時の過ぎゆくままに』放置してたらブクブク太っちまったな。今度、オイラも『世界まる見え』あたりで、ケンタッキーフライドチキンのカーネル・サンダース人形のコスプレで〝沢田研二です〟と登場してやろうか」

――いいかげんにしなさい！　お次は政界から。公務の合間に公用車で「セクシーヨガ通い」しているのが『週刊文春』に報じられてしまった林芳正・前文科相！

「これはくだらない話だったよな～。個室で露出の多いオネエチャンが２人きりでヨガを教えてくれるって店なんだよな。店側もムキになって『いかがわしいことはやってない！営業妨害だ！』って反論してさ。だけど冷静に考えると、店員が美人だとかセクシー接客って書かれるよりも、『林大臣が長年通ってる』ってほうがよっぽど営業妨害だよな。あんなにブクブク太ってるなんて、『ヨガはダイエットにならない』って思われちまうぞ」

――仮想通貨取引所のコインチェックがハッカーに５８０億円も盗み出されてしまう事件もありました。会見で20代の社長が「全額補償する」と発言したことも驚かれました。

「コイツラ一体、いくら持ってるんだっての。ビットコインが大儲けってのは聞いてたけど、そんなに儲かるとは思わなかったよ。換金できる場所も限られてるし、ネット上でしか確認できないってのも危なっかしいよな。よくもまァ、そんなにカネが集まったと思うけど、そんなに儲かるならいっちょオイラも参戦してやろうか。

通貨の名前はもちろん『ビートコイン』だよ。オイラのファンなら、ビートコインを持ってなきゃ損するぜ。『1円＝1ビート』だけど、10万ビート、100万ビート、1000万ビートと残高が増えていくに連れていろんなサービスがあってさ。残高に応じて『たけし単独ライブにご招待』とか『芸名命名権』なんて特典がワンサカつくんだよ」

――それは、欲しい人が多いかも！

「だけど気をつけなきゃいけないのはビートコインにはたまに〝外れ〟があるってことでさ。100枚中99枚は正規のコインなんだけど、1枚だけ『ビートきよしコイン』が混じってるんだよ（笑）。このコインをいくら持っててもオイラからの特典はゼロで、きよしさんのところへ持ってくと逆にサンザンたかられちゃって詐欺にあったような気分になっちゃうというオチでさ」

――いいかげんにしなさい！　そろそろページがなくなってきました。さぁ、たけし審査委員長、ご自身もノミネートされた今回の「ヒンシュク大賞」グランプリは？

「う～ん、レスリングの栄監督に決定！　あの学長にも見捨てられて可哀想だしな。栄監督はまず、大手カツラメーカーとタッグを組んで出直してほしいね。精巧なヅラを被って、眉毛も植毛して、別の学校に移って、偽名でレスリング部の監督をやればいいんだよ。で、すごい選手をドンドン輩出して、〝あの監督は誰だ？〟ということになってさ。そのタイミングで、カツラを脱いでネタばらしだよ。メーカーにとっちゃすごい宣伝になるぜ。谷岡学長もビックリ、CM契約料もガッポガッポ、名声も取り戻せるというね。このリベンジプラン、どーですか栄さん！　ジャン、ジャン、ジャン！」

おわりに

　これまで小学館から出す本は、オイラが日頃から感じている「世間への違和感」を毒舌で叩き斬るスタイルのものが多かった。『ヒンシュクの達人』じゃ、建前ばかりのニッポン社会の本質を分析したし、『テレビじゃ言えない』ではメディアの自主規制のエスカレートをきっかけにタブーに踏み込んだ。一転、今回の新書は『「さみしさ」の研究』という、これまでとまるで雰囲気の違うものになっている。

　オイラたち団塊の世代が70代になって、世間でも「老い」や「孤独」の問題がテーマとなり、普段から週刊誌で続けているコラムでも、必然としてそれらを取り上げることになった。また、この2～3年はオイラにとって大事な人たちが次々と亡くなった。その人たちへの惜別を載せていくと、自然と本のトーンも寂寥感に満ちたものになってしまった。

それに、2018年にはオイラの周辺でもいろんな出来事があり、周りの環境も変わった。いつも通りの毒舌の前に、そのことについても一度きちんとした形で触れておかなければならなかった。

ニッポンの社会への風刺もいつも通り続けている。だけどそれも「怒り」というより「さみしさ」に近い。オイラみたいなお笑い芸人が「マトモなことを言っている」と思われて、政治や行政のほうがお笑いになってしまうと、こちらは商売上がったりだ。その状況はドンドンひどくなっている。

そういう様々な事情が、いつもとはトーンの違ったタイトルを編集者に選ばせたのかもしれない。

だけど勘違いしてほしくないのは、オイラはまだまだ枯れちゃいないということだ。「人生にやり残したことはあるか？」と問われれば、オイラは「ありとあらゆること」と答えるだろう。小説を書くこともまだまだ自分の限界を感じちゃいないし、映画だって「次はもっとすごいものを撮れる」という自信を持ってやっている。毎日、いろんなアイディアを出すことが、楽しくてしかたがないんだ。

だから毎日、ジャンジャン悪ふざけを真剣にやっている。それこそがオイラにとって、老いと孤独に付き合うための最高の処方箋だし、「いつ死んでもいい生き方」になる。

まァ、世間をアッと言わせる新企画をこれからもドンドン出していくからさ。楽しみに待っていてくれよ。ジャン、ジャン、ジャン！

ビートたけし

2018年11月

本書は語り下ろしに加え、『週刊ポスト』の人気連載「ビートたけしの『21世紀毒談』」の中から、特に反響の大きかったエピソードを抜粋してまとめたものです。

協力／T.Nゴン
取材協力／井上雅義
撮影／海野健朗
編集／山内健太郎
奥村慶太

ビートたけし

1947年東京都足立区生まれ。漫才コンビ「ツービート」で一世を風靡。その後、テレビ、ラジオのほか映画やアートでも才能を発揮し、世界的な名声を得る。97年『HANA-BI』でベネチア国際映画祭金獅子賞、『座頭市』で同映画祭監督賞を受賞。著書に『間抜けの構造』『アナログ』（新潮社）、『ゴンちゃん、またね。』（文藝春秋）、『ヒンシュクの達人』『テレビじゃ言えない』（小学館新書）など。

「さみしさ」の研究

二〇一八年一二月五日　初版第一刷発行

著者　ビートたけし
発行人　飯田昌宏
発行所　株式会社小学館
〒一〇一-八〇〇一　東京都千代田区一ツ橋二ノ三ノ一
電話　編集：〇三-三二三〇-五九六八
販売：〇三-五二八一-三五五五

印刷・製本　中央精版印刷株式会社

Printed in Japan ISBN978-4-09-825338-8